Tu n'es plus rien

DU MÊME AUTEUR :

IL A ÉTÉ TIRÉ DE CET OUVRAGE :
50 Exemplaires sur papier du Japon
25 Exemplaires sur papier de Hollande
TOUS NUMÉROTÉS A LA PRESSE

René BOYLESVE

TU N'ES PLUS RIEN

PARIS

ALBIN MICHEL, ÉDITEUR

22, RUE HUYGHENS, 22

Tous droits de traduction et de reproduction réservés pour tous pays.

COPYRIGHT BY ALBIN MICHEL

1917

A LA MÉMOIRE

DE

MON FRÈRE

LE CAPITAINE PIERRE TARDIVEAU

TUÉ A L'ENNEMI DEVANT VERDUN

LE 7 JUILLET 1916

TU N'ES PLUS RIEN

I

Dè l'évanouissement causé par une commotion si douloureuse et si brusque, son âme, seule, s'évada comme l'esprit échappe au cauchemar. On se félicite d'abord que le malaise soit terminé ; l'impression de sécurité vous réconforte ; et l'on se laisse alors replonger presque volontiers dans une demi-somnolence. On recommencerait l'épreuve, car on ne croit plus qu'elle corresponde à rien de réel.

Dormait-elle encore ? Etait-ce sa mémoire, était-ce son imagination qui déroulait devant ses yeux des images déjà anciennes, que la songerie n'avait jamais évoquées jusqu'alors et qui soudain s'offraient avec une netteté irritante. Des chuchotements, un murmure de voix dans la pièce voisine, oui, elle les constatait, et, cependant, à ces colloques insolites, elle n'accordait pas son attention ; la pression douce et obstinée d'une main invisible refoulait sa pensée vers des jours écoulés.

Un pas feutré sur le tapis, un doigt qui lui interrogea le pouls, ne la troublèrent pas plus que la mélopée coutumière de la marchande des quatre-saisons. Elle ne se dit pas: « Comment ! je suis malade ?... on s'inquiète de moi ?... Et me voilà alitée, en plein jour, moi jeune et si étrangère à toutes les maladies !... » Mais elle se remémorait une certaine saison, de certains jours, presque lointains, des circonstances passées, une période de sa vie qui semblait être jouée sous ses yeux, comme un acte.

Un mois d'été de l'une des précédentes années. Elle revoyait la dernière journée dans leur pavillon, aux environs de Paris, devant le jardin en pente et la trouée dans les feuillages sur les lointains coteaux vaporeux et splendides... Chacun s'apprêtait à partir en vacances et quelques-uns de ces messieurs à accomplir une période d'instruction. Quels bavardages ! Quelles discussions avec les amis convoqués à la campagne pour cette après-midi d'adieux ! Ils formaient tous un monde jeune, alerte, ami des plaisirs et de toutes les beautés, aventureux, insouciant et charmant. Le plus âgé des hommes était M. de la Villaumer, dont les cheveux grisonnaient, mais qui ne se plaisait qu'au milieu des figures gracieuses. Plusieurs étaient artistes, musiciens ou peintres. Ils aimaient le décor de la vie et la vie spirituelle, aisée, qui s'arrange en décor. L'amour régnait dans ces sociétés; il y était plus facile que passionné ; on en avait à peu près supprimé les ravages. Les ménages excellents n'y étaient d'ailleurs pas rares. Odette Jacquelin et son mari étaient cités comme le couple le plus épris. Auprès d'eux, Clotilde et Georges Avvogade, qui roucoulaient comme des colombes, ne faisaient que des amoureux « pour lever de rideau », disait-on. Rose Misson, appelée la bonne Rose, Simone de Prans, Germaine Le Gault étaient toutes des femmes adorant leur mari, ne souhaitant pas d'autre bonheur et ne concevant pas autre chose que le bonheur.

Pourquoi Jean Jacquelin, se demandait-on, était-il officier de réserve ? A quoi rimait cette mascarade, tous les deux ans, d'un garçon qui n'avait de militaire ni la tradition, ni l'éducation, ni la foi ? Le vieux père y avait tenu, parce qu'il gardait de son temps des préjugés indéracinables. Quant à Jean, lui, il s'en moquait ; c'était un garçon parfaitement lancé pour gagner beaucoup d'argent, et offrir à Odette le luxe considéré, dans leur milieu, non comme un superflu, mais comme l'indispensable. Il ne concevait pas qu'un autre souci pût préoccuper sérieusement un esprit. Sans entrer dans les mille et une considérations de quelques-uns de ses amis, plus cultivés, qui raisonnaient, théorisaient, lui, il trouvait que l'uniforme de sous-lieutenant d'infanterie lui allait bien et que, lorsqu'il l'endossait, c'était une occasion pour lui de se dégourdir ; les fatigues physiques ne lui faisaient pas de mal ; il eût jugé volontiers les grandes manœuvres un exercice suranné ; il en souriait même ; il se plaisait à énumérer les bévues commises par tel ou tel chef ; mais qu'est-ce donc qui l'empêchait toujours de plaisanter la chose elle-même ? D'ailleurs, être officier de réserve, c'était peut-être une des innombrables bizarreries de la vie de société, mais c'était ce qu'on appelle une convenance ; dans un certain monde, cela se faisait. Il laissait là-dessus dire et pérorer ; il n'opposait pas un argument; il demeurait officier de réserve, accom-

plissant, quand il était convoqué, sa période
d'instruction.

Sa jeune femme l'avait accompagné, cette
fois-là, jusqu'à Tours, pour être quelques
heures de plus avec lui et pour avoir plus tôt
ses dépêches les jours suivants. Que le temps
lui paraissait long, toute seule, à l'Hôtel de
l'Univers, dans une jolie chambre pourtant !
Elle s'amusait à piquer la curiosité, rue Nationale, avec son petit trotteur de la dernière
coupe, son canotier si simple, tout à fait
« Parisienne en vacances », et l'élégance à
la fois originale et discrète qu'elle avait en
toutes ses façons. Il était généralement convenu qu'elle était jolie. Dans la salle de restaurant, à l'hôtel, qui n'intriguait-elle pas ?
Elle s'égayait à voir les voyageurs en famille
inventer des prétextes pour changer de
place, à leur petite table, les uns afin d'être
assis en face d'elle, les autres afin que leur
grand fils ne le fût pas. Et on la reluquait !
Arrivait un télégramme du sous-lieutenant :

« Sois demain, chérie, à Port-de-Piles », ou
bien : « Ligueil, tel jour pour déjeuner »,
ou bien : « A Loches, Hôtel de France, après
la dislocation ». Et elle courait à ces rendez-
vous, en auto de louage ou par le train. Et
elle attendait longtemps parfois dans les au-
berges ou au bord des routes poussiéreuses.

Des conversations de table d'hôte lui revenaient. Chacun parlait des manœuvres. On
discutait sur les noms des généraux, sur les
communes occupées. La présence du Président de la République était un événement
dans le pays. Il y avait des vieillards qui ne
consentaient pas à s'entretenir d'autre chose
que de 70 ; quelques-uns, moins âgés, rappelaient l'état magnifique de l'armée reconsti-
tuée, à l'époque de la mort de Gambetta, par
exemple, ou lors de l'affaire Schnœblé, où
l'on avait été si près de la voir à l'œuvre.
Alors, un politicien de l'endroit, — pas plus
sot, après tout, que la plupart de ses contem-
porains, — rubicond, l'œil injecté à la fin

des repas, vous prenait tout à coup ces souvenirs, ces regrets et cette apparente émotion belliqueuse et vous les faisait sauter en
les renversant comme les œufs dans la poële.
La guerre, selon lui, était un fléau des anciens âges. La France, nation de progrès,
consentait encore, pour ménager les transi-
tions nécessaires, à en exécuter le simulacre,
mais c'était un jeu protocolaire, une dernière
courbette au passé. La guerre était destructive ; les sociétés modernes ne s'appliquaient
qu'à la production ; croire à la guerre, c'était
s'imaginer qu'on remonte le courant de l'histoire. D'ailleurs, pour tout esprit averti, les
moyens scientifiques de destruction étaient
tels que la lutte fratricide était rendue totalement impossible, im-pos-si-ble. Il fallait être
niais pour ne pas s'apercevoir qu'en un clin
d'œil tout serait réduit en poussière. Les manœuvres !... ah ! on le faisait bien rire avec
les manœuvres. Les manœuvres ne ressem-
blaient pas plus à la guerre, telle qu'elle

pourrait être, qu'un pistolet de bazar à un mortier allemand. La guerre, si elle éclatait jamais, ne durerait seulement pas le temps de vos concentrations de corps d'armée : le premier des deux adversaires qui serait en avance d'une demi-journée réduirait l'autre à merci. — « Eh ! dites donc, interrompait quelqu'un, il ne serait alors peut-être pas mauvais de tout faire pour obtenir cette avance ?... » — « Inutile ! Comptez votre population, considérez vos aspirations, pensez aussi aux finances !... Les finances ? pas un pays de grand armement qui puisse soutenir la guerre six semaines... ni qui puisse soutenir la seule préparation à la guerre encore pendant trois ans... Consultez les grandes banques, qui mènent le monde, entendez-vous ? qui mènent le monde, les Empereurs, les Rois, comme les peuples, ne nous le dissimulons pas : la guerre est impossible, im-pos-si-ble !... Nous assistons, avec vos manœuvres, aux derniers gestes d'un âge préhistorique... Tournez vos yeux vers l'avenir, et, Messieurs, toute cette horde chamarrée et tonitruante vous apparaîtra comme enfantine !... » — « Mais l'Allemagne ? le parti militaire ?... Les Pangermanistes ?... » — « L'Allemagne est un peuple pacifique, industriel et commerçant, qui se sert de ses canons comme moyen de réclame... Ce que nous n'avons pas suffisamment, le savez-vous ? C'est le sens des affaires..., parfaitement. Et ce sens, l'Allemand le possède... Le parti militaire ? une goutte d'eau dans le lac... Les Pangermanistes ? des hommes-affiches à la solde de l'industrie nationale !... D'abord l'Empereur, comme l'affirme quiconque l'a vu de près, est un secret ami de la France... et j'ajouterai : le plus républicain de nous tous... Le socialisme, voilà son ennemi... L'armée qu'il nous faut, ce n'est pas un ramassis de soldats, c'est un groupement d'hommes décidés à maintenir la paix... L'humanité est en marche, on ne saurait trop le redire, vers un avenir de liberté, d'égalité, de fraternité... Ah ! il faut tenir compte de la concurrence économique : c'est la loi de la vie... » — « Mais, précisément !... »

Une réminiscence, accentuée sans doute par l'état de fièvre, apportait à la jeune femme, avec une précision d'une minutie extraordinaire, jusqu'à la moindre de ces paroles entendues à sa petite table solitaire. Il est vrai qu'elle s'était amusée à les répéter au sous-lieutenant, son mari ; elle se souvenait même à quel moment : quand il pataugeait en se savonnant dans son bain, au retour des manœuvres. Il en avait ri de tout son cœur ; car, lorsque Jean revenait des manœuvres, il était un autre homme que lorsqu'il s'y rendait. Quelques jours seulement de présence au corps, au milieu de ses camarades militaires, ou le transformaient, ou plus exactement le restituaient à son état normal, en tous cas le faisaient triompher de la paresse qu'il avait d'ordinaire à donner la réplique à ses amis les beaux parleurs de Paris.

Odette n'attachait, elle, aucune importance à toutes ces idées, que ce fussent les unes ou les autres. Elevée dans l'unique religion du bonheur, elle tenait le bonheur par l'amour pour la seule fin enviable de toute destinée. A quoi bon discuter ? Pourquoi penser aux calamités ? Certains de ses amis, des plus réputés par leur intelligence, ne soutenaient-ils pas que c'était l'honneur de l'homme civilisé que de ne pas même songer à des actes de barbarie ? que l'homme se haussait en dignité en négligeant de se préparer à manier les armes ?... Elle se rappelait aussi, parmi tant d'autres, l'opinion assez âpre de M. de la Villaumer, souvent répétée : « Nous ne sommes pas en état de faire la guerre. Nous ne savons pas à quel point nous ne sommes pas en état, ne sachant pas du tout ce que c'est que la guerre. Si on nous la fait, comme c'est à craindre, autant vaudrait le déluge... »

Cependant ce jour-là, au sortir de la baignoire, Jean s'était tellement échauffé en parlant de l'armée, qu'il avait inspiré presque peur à sa femme. Elle l'avait enserré de ses bras, pendant qu'il s'enveloppait dans son peignoir, en lui disant :

— Tais-toi, Jean !... Oh ! songe donc, si jamais tu étais seulement défiguré par un vilain coup ! Tes beaux yeux, mon chéri !... tes belles dents !... Non, mais ce serait fou !...

Et, parce qu'il avait ri, de ses belles dents, jusqu'à fermer complètement ses beaux yeux, elle avait aussitôt pensé à autre chose.

Sans consentir jamais à examiner d'un peu près cet ordre de questions, elle conservait une grande crédulité optimiste, non pas quant à la guerre qui ne l'intéressait aucunement, mais quant à son Jean, qui, seul, importait, et qu'elle ne croyait pas, en sa qualité d'officier « de réserve », tenu de partici-

per à une campagne. Ceci était, chez elle,
idée innocente, déposée en son esprit par
l'abondance de toutes ses satisfactions, et
que, pour rien, elle n'eût voulu approfondir,
de peur que le résultat ne fût défavorable.
C'est la même paresse d'esprit, voluptueuse,
qui la retenait, par exemple, de se demander
le sens de ces mots entendus de la bouche de
son mari : « Me voilà affecté désormais aux
troupes de couverture. Nous n'irons plus en
Touraine... » Eh ! bien, on n'irait plus en
Touraine ; on irait ailleurs.

Et sa rêverie la reportait au début de la
saison dernière, au bord de la mer. Il faisait
si beau ! Jean avait eu la chance d'obtenir
congé, à sa maison de commerce, dès le
15 juillet ; on était parti pour Surville ; l'af-
fluence était déjà grande à l'Hôtel de Normandie ; le Casino était bondé ; les jeux ronflaient ; le petit Théâtre exhibait des vedettes
parisiennes ; une rangée d'autos empestait
la terrasse où l'on allait boire l'après-midi au

son de l'orchestre des tziganes, en se faisant
rôtir au soleil ; d'élégants jeunes gens arbo-
raient des costumes kaki, à martingale, avec
des chapeaux à larges bords. Le soir, dans le
hall, on dansait le tango.

La grande agitation des villes d'eaux, composée d'une quantité d'actions nulles ou d'un
fastidieux va-et-vient, de bars en bars, de
casinos en casinos, de goûters en goûters,
commençait.

— Ah ! ça, viendras-tu ? voyons, Jean !
Es-tu assommant avec tes lectures de dépêches ! On dirait que tu attends quelque
chose... Qu'est-ce que ça te fiche cette affaire ?...

Chaque soir, en pénétrant dans le grand
hall du Casino par la galerie donnant sur la
mer, soit pour aller au théâtre, ou au music-
hall, ou simplement s'asseoir en prenant son
café ou sa camomille, on voyait une agglomération de messieurs en smoking devant le
cadre, à droite de la porte, qui contenait les

dépêches de Paris et la clôture de la Bourse.
Odette s'entendait encore prononçant les
paroles de reproches adressées à son mari qui
revenait toujours de là avec une figure inaccoutumée.

— Eh ! bien, l'affaire ?... demandait-elle.

Jean citait quelques-unes des dépositions
sensationnelles. Il ajouta, un soir :

— Il y a un ultimatum à la Serbie...

— Et après ?...

On n'en reparla plus. Mais Jean se leva
deux fois pour aviser des personnes qu'il
connaissait. Il discutait avec elles, un moment, dans le couloir, puis revenait auprès
de sa femme.

— Oh ! ce ne sera encore rien, disait-il.

Pendant quelques jours, le même manège
se renouvela. Il fallut entrer dans des expli-
cations. Alors Odette elle-même s'agita ; elle
accompagnait son mari aux dépêches ; elle
y courait, seule, dans le jour. Mais le nombre des lecteurs de dépêches augmentait ; il

fallait parfois attendre cinq minutes, et le silence ou les quelques mots échappés du
groupe l'impressionnaient : elle allait relire
les mêmes dépêches sur la plage, au kiosque
du *Figaro*. Des menaces de guerre ?... de
guerre européenne ?... La guerre ?... Non,
ça, par exemple, n'était pas vraisemblable...
C'est une idée qui ne pénétrait qu'avec d'ex-
trêmes difficultés sous tous les fronts. Les
dépêches se succédaient, deux fois par jour,
tantôt rassurantes, tantôt mauvaises ; mais
lorsqu'elles contenaient un sujet d'alarme,
c'en était un plus fondé que celui de la veille.

Odette en vint à demander à son mari :

— Enfin, s'il y avait la guerre, par hasard,
est-ce que ça t'atteindrait, toi ?

— Ne te presse pas, ma chérie, la guerre
n'est pas encore déclarée...

— Enfin, enfin, si elle l'était ?

— Eh ! bien, si elle l'était : je suis officier
de réserve.

— La réserve, qu'est-ce que c'est ? c'est pour quand il n'y a plus d'active ?

Il l'avait embrassée en riant. Un parent d'un des plus puissants banquiers de Paris venait de déclarer à la table voisine que « tout était arrangé ».

Mais le lendemain le bruit se répandait au Casino que les nouvelles étaient si fâcheuses qu'on ne les avait pas affichées. Jean alla aux renseignements. Le bruit se trouva confirmé. Alors, il dit à sa femme :

— Il faut prendre ses précautions. Ecoute, mon adorée : je vais partir pour Paris ce soir. Je mettrai ordre à mes affaires ; je verrai La Villaumer, qui sait tout ; Avvogade qui déjeune avec le Président du Conseil ; je saurai ce qu'on peut savoir et je tâcherai d'être de retour pour la nuit...

Elle réentendait toutes les paroles ; elle revoyait les moindres gestes ; elle imaginait La Villaumer, si clairvoyant, si sage, et Clotilde Avvogade au milieu de ses fleurs, dans

son appartement presque trop délicieux, et
faisant la grimace en entendant son mari
parler de choses désagréables... Elle revoyait
aussi la triste nuit qu'elle avait passée seule,
sans dormir, et la chauve-souris qui était entrée dans sa chambre comme un diablotin ;
et les figures, le lendemain, au restaurant,
au Casino, à la plage, partout ! Et les départs:
l'hôtel presque vide dès le soir qu'elle attendait son mari, le soir qu'il ne revint pas !...

Il n'était pas revenu parce qu'il avait
trouvé à Paris un ordre de « rejoindre immédiatement pour accomplir une période
d'instruction ». Il lui avait télégraphié : « Ne
bouge pas : tout ira bien ; t'écrirai. »

« Une période d'instruction » ? si soudai-
nement décidée ? qu'est-ce que cela signifiait ? Etait-ce la guerre ? Elle interrogea
autour d'elle. Les uns étaient stupéfaits de ce
qu'elle annonçait ; les autres disaient : « Une
période d'instruction, rien de plus ordinaire. » « En somme, faisait un autre, on

mobilise déjà. » Un monsieur lui dit : « Mais non, Madame ; la mobilisation ne peut être que générale. Il peut se faire que certains officiers soient appelés individuellement, mais c'est par mesure de précaution, étant donné que la situation, évidemment, est tendue... »

— Mais pourquoi lui appelé et pas d'autres ?... Il n'est qu'officier de réserve !...

— Cela tient au lieu de son Dépôt sans doute. Connaissez-vous le lieu de son Dépôt ?

— Je sais qu'il appartenait autrefois au IXe corps, mais je crois qu'il est passé à Nancy...

— Troupes de couverture, ah ! ah !

— C'est cela, précisément, Monsieur : il a été affecté aux troupes de couverture...

— Ah ! très bien. Oh ! très bien.

Elle trouva une autre femme dans son cas ou à peu près. Mais le mari de celle-ci, appelé aussi individuellement, était capitaine de

l'active, lui, et en garnison à Pont-à-Mous-
son...

— Celui-là, se dit Odette, il est frit.

Et la comparaison lui étant un peu avan-
tageuse, son moral en fut remonté. Jean
n'était que sous-lieutenant, il n'appartenait
qu'à la réserve... Elle fut occupée par la compassion que lui inspira l'autre femme, d'un
tout autre caractère qu'elle, cependant ; fortement préparée à la guerre et prête à sacri-
fier tout : « Je regrette, disait celle-ci, que
mes garçons ne soient pas grands, cela ferait
des défenseurs de plus au pays... »

Odette était aussi mal adaptée que possible
à un pareil langage. Tout la surprenait. Elle
ne comprenait rien.

Une dame arriva de Paris; c'était la femme
d'un député : elle dit à qui voulut l'entendre :

— Je peux bien vous le confier : la mobilisation sera affichée demain.

Il faisait un temps idéalement beau, bien
que des orages eussent sévi, même dans
l'Ouest. Les enfants jouaient sur la plage.
La mer, sous un ciel sans nuage, était d'un
calme engourdissant. On voyait Le Havre
étalé au soleil comme un long lévrier hale-
tant de chaleur ; de beaux bateaux de trans-
port, au loin ; et de petites voiles en apparence immobiles. Jamais le ciel, la mer, la
terre n'avaient paru tant désirer la paix ; jamais le bonheur d'exister n'avait peut-être
été plus sensible. Quels que fussent les sujets
d'alarme, tout vous criait qu'il était impossible de croire au malheur.

Le lendemain, samedi 1er août, Odette,
troublée par les conversations entendues,
mais dénuée de renseignements particuliers,
allait jeter à la poste une lettre adressée à son
cher Jean, à Paris, puisqu'elle ne savait où
l'atteindre. Il était environ quatre heures.
Elle vit devant la mairie un rassemblement
se former, et le tambour de ville arriver,

entouré d'une ribambelle de gamins. Ce tambour était un grand garçon jeune, sec et
blême ; il manifestait un sérieux qu'un tambour n'a pas pour annoncer qu'il a été perdu
une petite chienne gris-feu à longs poils. La
foule aussitôt l'entoura avec une avidité fré-
nétique. Il exécuta son roulement ; prit dans
sa poche un papier qu'il déplia et lut à haute
voix, sans que son masque fût en rien modifié : « La mobilisation générale est déclarée.
Le premier jour de la mobilisation est pour
le dimanche 2 août. Aucun homme ne devra
partir avant d'avoir consulté l'affiche qui
sera apposée incessamment. » Un ban.

La foule, composée en majorité d'hommes
jeunes, d'un mouvement unanime et comme
réglé, leva son chapeau en criant : « Vive la
France ! » Un seul garçon prononça : « Vive
la guerre ! » Et le tambour blême s'éloigna,
pour recommencer son avertissement, vers
un autre carrefour.

Cela avait l'air d'un fait tout simple, pres-

que ordinaire, au croisement de ces quatre
rues de petite ville. Le fait accompli : piéti-
nement, dispersion, silence. Et cet acte modeste, par centaine de milliers de fois répété
à la même heure, était le plus tragique cri
d'alarme de l'histoire des hommes, et qui
retentissait, au même point du temps, sur
tout le globe terrestre. Peu de bruit ; presque
pas de paroles ; et tous ces hommes levant
leur chapeau pour prononcer un mot qui
tout à coup devenait sacré, venaient de faire
le sacrifice de leur vie. L'imagination se perdait à imaginer en quelle multitude de
points du monde, pareil don de soi venait
d'être fait, car si l'homme qui « part » espère être épargné, celui qui apprend qu'il est
appelé se livre un instant corps et âme.

Presque aussitôt les cloches sonnèrent le
tocsin comme si la ville brûlait. Toutes les
églises ; puis, sur le coteau, dans la campagne, le même signal de détresse, comme
une épidémie, gagnait. C'était trop nouveau

pour être tout à fait effrayant. Beaucoup entendaient et ne pensaient pas. Personne ne se représentait la tragédie à laquelle ces humbles petites cloches désolées vous convoquaient. Ce qui sauve les hommes est de borner toujours leurs pensées à ce qu'ils ont à faire de plus immédiat. L'idée d'une paire de chaussures, celle du lieu où est serré un livret ou celle d'aller dire adieu à tel ou tel, arrêtent le vertige que l'énormité d'un tel événement est apte à produire.

Odette fut suffoquée, d'abord, et pleura, comme une enfant nerveuse qui assiste à une alerte. Elle ne voyait pas, au travers de ses larmes, la boîte aux lettres où elle jetait pour son Jean une lettre qui ne signifiait déjà plus rien et qui, sans doute, ne joindrait pas son destinataire. Et, tout autour d'elle, aux portes, dans les rues, à l'hôtel, sur la plage, des femmes pleuraient.

Odette monta chez elle. Elle dit à sa femme de chambre :

— Et vous, Amélie ?

— Moi, le mien rejoint le deuxième
jour... Je voulais demander à Madame de
prendre le train de Paris ce soir — demain il
n'y aura plus de place pour les civils —.
Comme ça, je pourrais encore l'embrasser...

— Allez, Amélie.

Elle s'assit à la fenêtre donnant sur le parterre, sur les tennis désertés, et la mer. Elle
était seule ; elle n'avait rien à faire qu'à songer et à attendre.

Tout était comme stupéfié, cristallisé. Il
semblait qu'il n'y eût plus personne nulle
part. La fumée de trois grands transatlanti-
ques, en rade du Havre, seul mouvement
perceptible, montait tout droit dans l'air
immobile. Quelques nuages de beau temps,
à l'horizon, moutonnaient en rosissant. Une
ou deux barques de pêche, toutes voiles
dehors, flânaient comme sur un lac. En
temps ordinaire, on eût dit : « Quel coucher

de soleil nous allons avoir ! » Odette pensa :
« Les hommes qui sont dans ces barques, à
l'heure présente, *ne savent pas !...* »

Et aussitôt une opération involontaire se
produisit dans son esprit. Elle se transportait en un temps pareil à celui qui régnait
encore sur les barques, en un temps où « l'on
ne savait pas ». Il n'y avait dans le monde
rien d'extraordinaire ; la vie, souriante,
chantait ; l'espérance d'une vie plus belle
berçait la pensée... Ce temps qui semblait
être déjà lointain, il datait d'une heure. Et
tout était changé, mais changé comme rien
n'avait changé jamais. Habitait-on la même
planète qu'en ce temps-là ? Qui donc se faisait la moindre idée de ce qui allait se passer
à présent ? Elle essaya d'entrevoir le jour de
demain. Mais elle ne se figura rien ; ... rien.
La phrase de La Villaumer, seule, lui revenait : « Nous ne sommes pas en état... Autant
le déluge... »

Et avec cela, au fond, très profond d'elle-même, elle ne croyait pas du tout au malheur.

Elle demeura là, assise, jusqu'à l'heure du dîner, à sa fenêtre. Elle reconstruisait toute sa vie passée avec Jean. Elle frissonnait à ses premières caresses. Elle n'avait jamais aimé que lui, avant son mariage ; depuis son mariage, que lui. Ce n'était plus la guerre qu'elle croyait inimaginable, mais la puissance de l'amour qu'elle éprouvait pour Jean. Et au lieu de concevoir le chaos, c'étaient les images les plus agréables, que son penchant naturel l'incitait à faire ressurgir. Elle souriait, son corps s'alanguissait ; ses doigts avaient des frémissements comme si une étreinte possible était proche ; et ses lèvres, dans le vide, dessinaient le mouvement du baiser.

Une voix d'homme provenant du balcon contigu à celui de sa chambre, prononça :

— Il est bien absurde de penser que la nature puisse se mêler de nos affaires ; mais,

par curiosité, regardez-moi ce ciel... Je n'en
ai jamais vu de pareil.

Les mots s'adressaient à une personne pla-
cée à l'intérieur, qui s'approcha de la fenêtre ; et l'on entendit une exclamation de
femme, plainte ou invocation désespérée,
comme on n'avait pas non plus coutume d'en
entendre.

Odette se leva, et, elle aussi, regarda. Elle
n'était pas superstitieuse ; elle n'était pas
surtout inclinée vers les interprétations lu-
gubres. Elle avait toujours été heureuse ; sa
vie s'était écoulée, pour ainsi dire, comme
une longue fête continue. Etant seule dans
sa chambre, elle ne dit pas un mot. Mais
toute sa chair se hérissa.

Il se peut que de pareils phénomènes se
produisent parfois et que nous ne leur accor-
dions aucune attention ; cependant, ce jour-
là, à trois personnes occupant des chambres
d'hôtel voisines, à d'autres aussi, qui en parlèrent le soir, au dîner, le coucher du soleil

apparut tout à fait insolite et capable de donner raison à toutes les croyances de bonnes
femmes touchant les relations de la terre
avec les choses merveilleuses par leur caractère colossal, qui s'accomplissent à la voûte
du ciel. Tout l'horizon, au-dessus de la mer
tranquille, n'était qu'un brasier, une fournaise d'une intense ardeur, sur laquelle s'éti-
raient, comme des lambeaux de viandes déchiquetées, quelques longs nuages d'un
rouge violacé, livide. Peu après, le feu trop
féroce s'atténua, s'éteignit presque, comme
si toute la matière combustible eut été consu-
mée par la furie des flammes. Puis le disque
du soleil laissa voir son contour ; et il était
pareil à une ampoule géante emplie de sang,
à un réceptacle de cristal tellement gorgé
que, par quelque fissure, le liquide visqueux
s'échappait, répandait, et de droite et de
gauche, un marécage, un lac, une mer de
sérum humain, roulant de part et d'autre,
vers des fleuves aux rives contractées, qui

soulevaient un double mascaret formidable.
L'ampoule sinistre éclata elle-même, tout à
coup, et fut pulvérisée dans cet amas de ma-
tières en fusion ou d'eaux épaisses, pesantes
et immondes ; puis de minces ruisseaux
s'écoulèrent comme aux alentours des abat-
toirs...

Non, en vérité, aucun vertige de l'imagination, aucune vision hallucinée, aucune
romantique complaisance : une image réelle,
d'aspect symbolique, et qui devançait,
comme une vignette, encore un peu mi-
gnarde, les pages incendiées du grand livre
de l'Histoire qui venait de s'ouvrir.

Pour l'âme d'Odette cela joua le rôle d'un
décor qui s'abaisse sur un acte nouveau : dès
le lever du rideau, on est fixé : adieu la co-
médie légère, les aimables fantaisies, les bal-
lets ! C'est le tragique qui commence.

Alors sa mémoire maladive lui faisait par-
courir, d'un bond, plusieurs mois de guerre.

On passe dans une atmosphère embrasée.

C'est dur, mais on y est passé. L'Alsace, une
bouffée d'espoir fou, avant-dernière minute
de la vieille France ; la Belgique : enthousiasme d'abord, horreur ensuite ; les Allian-
ces : pronostics dits assurés sur le « résultat
final » ; l'invasion : marche à l'échafaud où
le condamné conserve l'espoir de l'invraisemblable ; la Marne : l'invraisemblable réa-
lisé, à quoi l'on n'ose pas croire ; l'ennemi
refoulé et accroché ; la chute d'Anvers dont
tant de gens, que l'on retrouvera par la suite,
affirment que « ça n'a aucune importance ».

Odette recevait des nouvelles de Jean.
Comment Jean pouvait-il se trouver dans
une pareille fournaise ? et comment, elle, en
pouvait-elle soutenir l'idée ? Mais bien des
choses crues impossibles commençaient à
être reconnues faisables. Jean supportait les
fatigues, et tout en lui était modifié. Elle le
trouvait non pas tel qu'il était au retour des
manœuvres, mais un homme surélevé, oui,
qui semblait dépasser sa taille, et quoi qu'il

fît pour paraître simplement ordinaire et charmant. On devinait ses souffrances et on le sentait heureux. Odette alla même jusqu'à penser : « Comme il se passe de moi !... » Elle était revenue à Paris afin d'avoir de ses nouvelles plus vite. Mais il ne semblait pas, lui, conserver aucune notion du temps. C'est que, du temps il n'était plus maître. Odette lui écrivait toujours comme à un être isolé et disposant de sa personne. Sans le faire exprès, il lui répondait comme un homme qui n'a pas d'existence propre, comme un homme emporté par quelque chose de plus grand que lui, et qui, seul, compte. Elle ne comprenait pas encore, et elle reprochait doucement à Jean de se négliger.

Cependant, déjà, l'anxiété perpétuelle d'Odette s'atténuait ; déjà elle prenait confiance : Jean était passé à travers tant de dangers ! Elle commençait à croire à une immunité possible. Combien d'hommes ont traversé les champs de batailles durant toute une longue vie, et sont morts dans leur lit environnés de leur famille !

Enfin, tout à coup, un beau matin de la seconde quinzaine de septembre. Odette, de son lit, entendait sonner à une heure où rarement quelqu'un se présentait à la porte d'entrée. Amélie, la femme de chambre, ayant ouvert, revenait, haletante, vers sa maîtresse :

— Madame ! C'est Madame de Prans qui veut absolument voir Madame...

Odette criait elle-même, de son lit :

— Entre donc ! Simone, entre donc !...

Simone de Prans apportait des nouvelles de Jean. Elle en avait par le cher Pierrot, son mari, sous-lieutenant lui aussi, qui était venu en mission pour vingt-quatre heures. Les nouvelles de Jean ? mais, d'abord, elles étaient satisfaisantes. Comment !... satisfaisantes ? Enfin, on voulait dire qu'elles n'étaient pas mauvaises. Mais « pas mauvaises » ce n'est pas bon ! Mais non, il ne fallait rien exagérer... Bref, des demi-aveux, des négations, des retours en arrière, des issues laissées à l'espérance, des précisions mensongères, des maladresses dont Odette n'était pas dupe. Et celle-ci prenait le parti de dire tout à coup : « Ma petite Simone, tu n'oses pas m'avouer le plus grand des malheurs... »

*
* *

C'est à cet instant de la demi-somnolence où tous les faits précédents s'étaient présentés à sa mémoire, qu'Odette s'éveilla tout à fait. Elle poussa alors un grand cri, et les personnes réunies dans la pièce voisine accoururent.

Mais ne voilà-t-il pas, à présent, qu'Odette se refusait à croire à l'événement affreux qu'elle avait elle-même deviné ! Elle le déclarait invraisemblable, « par trop injuste !... »

— Pourquoi Jean tué et non pas un autre ?...

Elle se révoltait, avec une colère farouche, contre le destin ; s'écriait en se débattant dans son lit comme une folle :

— Ce n'est pas vrai ! ce n'est pas vrai !... Vous m'en voulez toutes ! vous êtes jalouses de moi à cause de Jean !... Jean, mon Jean, je t'embrasserai encore, ou bien il n'y a pas de bon Dieu !... » jusqu'à ce que, tout à coup, vociférant et hurlant, elle perdît de nouveau connaissance.

II

Il y avait là son médecin, en uniforme de major. Si on l'avait rencontré, c'était bien miracle : il se trouvait juste, chez lui, au téléphone, au moment de l'appel d'Amélie. Comme il ne pouvait rester, il donna ses instructions à Simone de Prans, à Germaine Le Gault, à Rose Misson, ces deux dernières prévenues par Simone, habillées et accourues en toute hâte. On sonnait fréquemment. Le bruit du malheur d'Odette se répandait dans Paris. La guerre avait causé, certes, de nombreux deuils déjà, mais, parmi le groupe des familiers, le lieutenant Jacquelin se trouvait être le premier tombé.

Odette, reprenant ses sens, se trouva, devant ses amies et amis, dans la situation d'une exceptionnelle victime.

Cependant les femmes, en la couvrant de

compassion, avaient dans les yeux, dans la
voix, autre chose que ce qu'inspire d'ordinaire le deuil. Comme on essaie d'émettre
quelques paroles consolatrices, toutes, sans
exception, parlaient de la « fierté », de
« l'honneur » qui « rejaillissaient » sur
Odette. Odette accueillait ces mots comme
faisant partie d'une phraséologie de condoléances adoptée. Elle ne considérait qu'une
chose : Jean n'existait plus. Son Jean, son
amour, son bonheur, sa préoccupation, ses
jours, ses nuits, sa rêverie d'hier, son espoir
de demain ; Jean : la caresse, le baiser, la
tendresse, la douceur, le parfum, la folie et
la raison, le maître chéri, l'enfant aussi à
bercer dans les bras ; Jean, mille fois plus
que sa propre vie, ne comptait plus parmi les
hommes !... Elle le revoyait tout entier, dans
ses minutieux détails physiques, et elle avait
simultanément la certitude qu'il n'était plus
qu'un fantôme, que jamais plus ses bras de
chair n'enserreraient sa chair à elle, que sa

bouche ne baiserait plus jamais sa bouche...
Les larmes ne parvenaient même pas à cette
inondation du visage qui produit un soulagement aux douleurs trop aiguës. La période
de l'abandon au sort cruel, où l'on a pitié de
soi-même, ne s'ouvrait pas. La rébellion per-
sistait encore. Odette maugréait, maudissait.
Les paroles mielleuses des amies ne faisaient
que l'exaspérer. Il montait de nouvelles
amies sans cesse. Odette eut une crise de
nerfs. Le Docteur était parti. Les deux plus
déterminées des personnes présentes, là
bonne Rose Misson et Mme de Blauve, femme
très respectable, prirent sur elles de faire
évacuer la chambre et condamner la porte.

Rose Misson était une petite femme douce
et grasse, dont le mari, de quelque quinze
ans plus âgé qu'elle et libéré de toute obli-
gation militaire, s'était engagé dès le début
de la campagne, comme chauffeur. A cause
de cette circonstance, Misson était déjà un peu
critiqué. Aussi Rose était, à cause de la puis-

sance de l'opinion publique, en admiration
devant le sort de son amie Odette. Les malheurs privés ne sont rien vis-à-vis de la conscience spéciale que l'opinion nous fait. Rose
Misson, malgré son amour réel, et dans le
moment présent, eût préféré son mari mort
que mal apprécié. Le sentiment de Rose vis-
à-vis de son amie pouvait se traduire ainsi :
« Oui, ma petite, ta douleur est immense, ta
vie de femme est brisée. Mais tout le monde
trouve que ton sort est beau. Tu vas grandir
au milieu de nous toutes, nous éclipser les
unes et les autres. Dès aujourd'hui la vénération générale t'est acquise ; ton nom est
prononcé avec piété ; tu changes d'aspect à
nos yeux ; ta présence introduit même chez
nous un sens que nous ne connaissions pas :
la mémoire de ton mari, son nom glorieux,
c'est quelque chose d'auguste qui pénètre
dans une société où cette qualité-là était totalement ignorée. »

Rose ne disait rien de cela à son amie,

parce que la langue de leur monde ne s'y prêtait pas ; peut-être aussi parce que, même le pensant, elle n'avait pas envie de le lui dire.

Pour la première fois, depuis le commencement de la guerre, Odette ne demanda pas qu'on allât lui chercher le journal du soir. La lecture du communiqué, les nouvelles ? que cela lui était indifférent ! Elle n'avait plus rien à apprendre. Son mari était mort : pour elle la guerre était finie. La guerre, ç'a avait été lui, l'anxiété de son sort à lui. Lui disparu, qu'importait le reste ?

Et le néant, qui l'avait saisie à la gorge, ce matin, la toucha de nouveau, plus glacial encore. Rien ! plus rien ! Oui, la guerre était un malheur inouï ; mais la guerre vous avait captivée comme un drame d'un intérêt sans égal. Le drame pouvait se poursuivre désormais ; elle n'y assisterait plus. Elle n'y était venue que pour un acteur qui, ayant joué son rôle, disparaissait. Elle disparaîtrait.

Odette dormait et parlait en rêve. Un délire : elle insistait pour accompagner son mari en lui disant : « Si j'avais su, je ne t'aurais pas quitté d'une semelle... » Il lui répondait sans doute en faisant allusion à une grave blessure ayant atteint le Commandant. Elle répétait : « La jambe du Commandant ?... Oh ! qu'ils s'avisent de te toucher, toi ! Je suis là... Je suis là pour te soigner, mon amour. » Et elle se réveillait en sursaut:

— Il est mort, Rose !... Ah ! Rose, toi, tu as de la chance !...

— Mais mon mari a cinquante ans, Odette !

— Ah ! que le mien en ait donc eu soixante !

Simone de Prans et Mme de Blauve remontèrent dans l'après-midi.

— Ton mari, Odette, est tombé en héros ; il a eu la plus belle mort...

— Il n'y a pas de belle mort...

— Si.

— Vous en parlez à votre aise !...

— Non, Odette. Tu ne te rends pas compte que tout est changé.

— Le cœur aussi ?...

— Oui, le cœur aussi. Beaucoup d'entre nous passeront pour inhumaines et cruelles; mais toutes les choses apparaissent d'un autre point de vue.

— L'amour reste l'amour.

Odette, dont l'ouïe était extrêmement tendue, surprit une conversation à voix basse où Simone parlait de la mine admirable de son cher Pierrot. Alors, elle s'évanouit de nouveau.

Le reste de la journée ne fut qu'une lamentation, un gémissement inarticulé et continu.

Et les jours suivants ne valurent pas mieux. Le médecin craignait une méningite.

Devant les grandes catastrophes, les gens sont souvent faibles quand ils ne sont gouvernés que par les sentiments naturels.

Cependant Rose, toute naturelle, demeurait d'un dévouement complet vis-à-vis d'Odette.

— Il est plus aisé, disait Mme de Blauve, de soigner un blessé grave qu'une femme éperdue de douleur, pour qui il n'y a rien à faire, à qui il n'y a rien à dire.

Encore les deux premiers jours du chagrin d'Odette furent-ils insignifiants par rapport à ceux qui suivirent. Elle ne se faisait entendre que pour gémir ; elle avait des sommeils délirants, des insomnies furieuses, des cauchemars pleins d'hallucinations, des crises de nerfs. Enfin vint la période des épanchements avec un débordement de pleurs.

Des amies d'Odette, les unes n'étaient pas contentes parce qu'on ne les avait pas admises à monter dès le premier jour, les autres oubliaient tout, en faveur de leur préoccupation dominante : obtenir en quelque hôpi-

tal une place d'infirmière. De celles-ci, enfin
satisfaites en leur vœu, il en vint à qui
l'on n'osait pas refuser l'entrée près de la
malade, à cause du costume qu'elles portaient. On les crut d'abord dangereuses pour
Odette parce qu'elles racontaient de lamen-
tables scènes. Le personnel des ambulances
se complaisait encore à l'emploi des termes
techniques, nouveaux, et que l'on s'efforçait
de retenir comme font les jeunes élèves en
classe. Mais Odette murmurait : « Tous vos
malheureux, avec leur chirurgie, ils vivent,
après tout !... » Et elle pensait : « Le mien
est mort. » Que répondre à cela ? Odette
recevait des monceaux de lettres d'une éloquence qui la submergeait sans la toucher.
Elle en jugeait tous les termes exagérés, et
elle n'osait pas dire qu'ils portaient à faux ;
ils avaient trait à la France, à la gloire, à
l'honneur ; c'est à peine s'ils faisaient allusion à son amour, à elle, qui était tout.

Elle commença de se lever, d'aller et venir

dans son appartement. Ce fut pis encore.
Tout endroit, tout objet lui rappelait Jean. Il
s'asseyait sur cette chaise, il aimait à palper
ce bibelot. Devant ses photographies, dans
le salon, elle tomba encore une fois. Ici, il
était en costume de tennis, si gracieux, si
svelte, si beau ; là en veston d'intérieur : ce
veston de velours qu'elle avait tant entouré
de ses bras ! Elle parcourait les pièces, cher-
chant à aspirer les restes d'un parfum qu'il y
aurait laissé. Elle s'affaissait sur le divan où
il y avait jadis place pour lui... Et elle tres-
sautait quand l'ombre d'Amélie formait une
tache environnée de halo derrière le rideau
fixe de la porte vitrée... Jadis, quand il entrait, une grande tache ainsi s'épaississait
derrière la soie jaune, et, tout à coup, sa
haute taille surmontait le rideau et son bon
sourire apparaissait à travers la vitre... Elle
attendait aussi le bruit d'une clef dans la
serrure de la porte d'entrée. Personne n'entrait plus par là au moyen d'une clef...

Comme elle ouvrait, dans un tiroir, la boîte des cigares qu'il aimait à fumer, et tandis qu'elle allait se griser de l'odeur associée à l'idée de l'homme, on lui remit un télégramme. Elle le déchira machinalement, toute nouvelle lui étant indifférente. Il était de Mlle de Blauve, une fillette de quatorze ans qui annonçait que son père, le Commandant de Blauve, était mort au champ d'honneur. Sa mère était depuis quelques jours infirmière à Reims, sa ville natale, sous les obus. Les trois petites de Blauve restaient seules à la maison avec la gouvernante, les deux frères aînés étant à Jersey, chez les Pères.

Pour la première fois, depuis son malheur, Odette fut obligée de penser à autrui. Elle referma la boîte de cigares et songea à cet hôtel de l'avenue d'Iéna, qu'elle connaissait bien, à ces enfants gracieuses, désormais orphelines, et dont l'aînée s'acquittait avec sang-froid de ses devoirs de politesse.

« Il faut y aller », dit-elle. Elle se fit habiller. Sa robe de deuil lui avait été apportée l'avant-veille. Elle ne l'avait seulement pas essayée. C'était aussi la première fois qu'elle s'habillait sans coquetterie. Elle prit une voiture et arriva avenue d'Iéna.

III

Elle croyait trouver la consternation dans une famille écrasée par le sort ; et, durant le trajet, elle se faisait une réflexion qui l'étonnait : c'était qu'aller voir des gens désolés ne lui déplaisait pas complètement ; dans son for intérieur, elle aimait mieux rencontrer les petites de Blauve, endeuillées, malheureuses, que ses amies consolatrices, prodigues de belles et de bonnes paroles, mais non pas éprouvées personnellement. « Ce n'est pas le spectacle du bonheur qui nous console de nos peines, se dit-elle, mais bien la trouvaille d'une douleur comparable à la nôtre. »

Les petites de Blauve n'étaient pas encore en noir. L'aînée pleura un peu quand Odette l'embrassa en pleurant, elle, à chaudes larmes — car Odette pensait à son malheur, — mais les fillettes n'étaient pas du tout prostrées et elles avaient même quelque chose de brillant dans le regard.

— Qu'est-ce qu'il y a donc, mes chères enfants ? demanda Odette.

Alors elles frappèrent dans leurs mains et dirent que leur frère venait de débarquer de son île, qu'il était là-haut en train de se laver, qu'il avait reçu de sa mère l'autorisation de quitter son collège et de venir s'engager.

— « S'engager ! », dit Odette ; mais quel âge a-t-il donc, le pauvre petit ?

— Il n'est pas loin de ses dix-sept ans, fit l'aînée : papa est mort, il faut le remplacer...

— Et qu'est-ce qu'il dit de cela, le grand frère ?

— Oh ! il est enchanté. Il avait demandé à s'engager dès la mobilisation, mais papa ne voulait pas ; il disait : « Tu partiras avec ta classe, quand le temps sera venu ; ça ne tardera pas... »

On vit descendre le grand frère. C'était un joli garçon, délicat, étonnamment ressemblant au portrait de sa mère, jeune, qui trônait au-dessus du grand canapé. Il passa comme une bombe et dit : « Je file au bureau de recrutement... » Il ne fut plus question du père, mort. Odette le savait pourtant adoré de tous les siens. A la gouvernante seulement, une vieille personne de confiance, Odette dit un mot touchant l'événement.

— C'est un grand honneur, fit la gouvernante.

— Et sait-on comment il est mort ?

— Un obus qui a tué en même temps dix-sept hommes autour de lui.

Cela était dit devant les enfants, sans crainte. Aucune des petites ne sourcilla, tandis qu'Odette frémissait dans toute sa chair. Elle demanda des nouvelles de la maman :

— Maman écrit que les marmites, c'est une véritable pluie ; qu'elle en a le tympan crevé. C'est ce bruit qui la gêne dans son travail. « On saute, par moments, comme à

la corde », dit-elle... Elle a aussi des Boches
dans son service, vous savez ?...

Et ce fut tout. Odette regarda le portrait
du mort, en face de celui de l'infirmière de
la Croix-Rouge, qui, sautait, en ce moment,
à Reims, au bruit des marmites, et venait
d'envoyer son tout jeune fils au feu, pour
rejeter au moins un de Blauve dans le brasier où venait d'être consumé le père. Monsieur de Blauve ne s'était pas fait peindre en
costume militaire ; il ne montrait que son
visage d'honnête homme doux et bon. Ce
devait être tout tranquillement, sans prononcer un seul grand mot, qu'il avait pré-
paré toute sa famille à l'éventualité de la
guerre ; et, jusqu'au dernier de ses enfants
était aussi prêt à mourir qu'à aller à la promenade ou à la messe.

IV

Odette sortit, décontenancée. On ne lui avait même pas parlé de son Jean, mort lui aussi héroïquement. Mais qu'avait-on dit de l'autre héros, le commandant de Blauve, pour la mort de qui elle était venue ? Les hommes disparaissaient ; ils étaient remplacés ; il restait d'eux un souvenir qu'on appelait désormais « l'honneur » et qui ne comportait pas d'attendrissement. C'était bien ce que certaines de ses amies lui avaient dit. Elles semblaient savoir cela par avance ; Odette, non. Elle songeait, en rentrant chez elle, à ce coucher de soleil sanglant sur la mer, qu'elle avait contemplé à Surville, le 1er août, et durant lequel elle avait eu l'impression qu'on entrait dans un monde neuf.

Dans son antichambre, elle trouva trois lettres : l'une d'une amie de province, retar-

dataire, qui venait seulement d'apprendre
la mort du lieutenant Jacquelin, et lui en
faisait « compliment » et puisait le motif de
consolation dans « l'honneur dont elle la
voyait toute parée. » Les autres étaient de
personnes étrangères chargées de lui annoncer qu'une de ses amies habitant Versailles,
une autre Bourg-la-Reine, venaient d'avoir
leur mari tué.

Odette s'abima sur le divan, sa tête aussi
contuse que si elle l'avait heurtée contre les
murailles : des tués, des tués, il y en avait
donc partout ? Et elle éprouvait une sombre
rancœur contre tous ces sorts funestes qui
venaient avec acharnement troubler sa douleur, sa personnelle douleur.

Elle revoyait ces trois hommes dont la
perte venait de lui être apprise aujourd'hui
même, en une seule demi-journée : le commandant de Blauve, un homme magnifique,
un homme sans tache, « un type de Plutar-
que » ainsi qu'on l'appelait en ajoutant inva-

riablement que « des caractères comme cela, on n'en faisait plus », puis Jacques Graveur, celui de Versailles, un bon camarade de Jean, un qui, lui, « ne s'en faisait pas » et ne passait pas pour très sérieux : il avait, paraissait-il, sauvé toute sa compagnie par son sang-froid et en se sacrifiant lui-même ; Louis Silvain, celui de Bourg-la-Reine, avait rapporté sur ses épaules son capitaine blessé, sur deux cents mètres de terrain mitraillé, jusqu'à trois mètres de sa tranchée, où une balle lui avait fracassé les reins ; mais l'officier était sauvé... Il était, dans la vie, un gros garçon, coulissier de son métier, qui jouait aux courses et buvait des coktails dans les bars... Des figures si diverses, unies tout à coup dans une même action à laquelle les uns étaient préparés de tout temps, les autres pas du tout... L'étrange, l'incompréhensible chose !

Elle dut écrire des lettres de condoléance ; elle qui en avait tant reçu. Elle écrivait aux

autres en pensant surtout à son Jean ; elle
éprouvait un enivrement à parler de douleur ; elle s'étendait trop ; il serait apparent
pour les femmes auxquelles elle s'adressait
qu'elle ne pensait qu'à elle-même... Mais
chacune d'elles en eût fait autant, et lui par-
donnerait.

Pendant toute une journée le souvenir de
Jean se débarrassa de la hantise des trois
autres morts. Elle consulta une carte du Tou-
ring-Club dont elle se servait autrefois avec
son mari dans leurs randonnées en automobile. L'endroit où Jean était tombé ne se trouvait pas éloigné d'une route qu'ils avaient
parcourue souvent. « J'ai peut-être vu un jour
l'endroit même où son corps repose aujour-
d'hui... » Et des rêveries désespérées et sans
fin ! Comment n'avait-elle pas prévu la possibilité de l'événement, de la guerre, tout au
moins ? On en avait pourtant parlé devant
elle, lors des alertes d'Agadir, de Casablanca,
même de Tanger, alors qu'elle était jeune

fille. Il y avait donc des choses possibles, qui
arriveraient peut-être demain, dont on lui
parlait aujourd'hui et auxquelles son esprit
était hermétiquement fermé ? La guerre, la
guerre ! elle connaissait des vieux qui en parlaient, oui, parce qu'ils l'avaient vue. Et ils
étaient assommants. Les jeunes n'y croyaient
pas. Elle essayait de s'excuser ; puis elle se
jugeait coupable. Pourquoi aussi fuyait-on
d'ordinaire les gens qui s'entretiennent des
choses dites sérieuses ? Et pourquoi est-on
porté à estimer intelligent celui qui se moque
de tout ?... Puis, tout à coup elle pensait au
« linge de Monsieur », à la « garde-robe de
Monsieur », à tous ces objets qui avaient été
à *lui* et qui ne serviraient plus jamais, jamais... Vivrait-elle en les laissant à leur
place ? ou les supprimerait-elle ? ou en
emplirait-elle une armoire, un reliquaire ?

Comme elle en était là de ses réflexions,
Amélie entra, en pleurs :

— Le fils de la concierge, Madame !...

— Eh ! bien, quoi ?

— Lui aussi, Madame...

Et des détails : le malheureux garçon avait
été enseveli vivant dans un bouleversement
de terrain ; on n'avait pu le retirer que trop
tard.

Et voilà Amélie à parler de son mari,
comme si ce fût lui qui eût été enseveli.

Quand on demeurait quelques jours sans
apprendre de morts, toutes les femmes se
rassérénaient et espéraient. Quand un
homme de leur connaissance avait été tué,
toutes voyaient leur mari, leur père, leur
cousin, leur fils dans le même état ; tous les
hommes étaient pleurés d'avance à propos
d'un seul d'entre eux qui succombait. Si l'on
disait à ces femmes : « Mais il en tombe des
milliers, des milliers par jour », elles écar-
quillaient les yeux, incomplètement terrori-
sées, car elles n'étaient pas faites encore à
la nouvelle réalité. L'idée que la guerre n'allait pas être finie en quelques semaines, celui

qui la soutenait passait pour mauvais patriote ou plaisant suspect.

Le lendemain, nouvelle catastrophe : Pierre de Prans, autrement dit Pierrot, celui qui avait apporté la nouvelle de la mort de Jean, était évacué sur le Val-de-Grâce dans un état très alarmant. Encore, sans son ordonnance, un brave garçon, blessé lui aussi, était-il perdu. Pierrot avait la poitrine trouée, un poumon découvert, un bras cassé. Sous un bombardement violent, son ordonnance, atteint lui-même d'un éclat d'obus dans la hanche, l'avait pansé en arrachant les bandages des morts qui les entouraient et en bourrant son énorme plaie, puis tous les deux étaient restés, six heures, la tête dans un caniveau puant, sous la solide bordure de pierre d'un trottoir, le corps caché sous des branchages. A la nuit, parce qu'ils agitaient les pieds en entendant parler français, des brancardiers les avaient tirés de là, et les deux hommes vivaient. Mais les circonstances de la blessure produisaient un pire effet que la mort, d'autant plus que quelqu'un eût la légèreté de dire à Odette : « Mieux valait recevoir une balle, proprement, au moment où l'on ne s'y attend pas, que de subir un si long et si cruel supplice. »

— Je vous trouve bonne, dit Odette. Mieux vaut être vivant que mort.

Malgré la tristesse des réunions où l'on pleurait toujours quelque nouveau deuil et un deuil survenu dans de toujours plus affreuses circonstances, Odette voulait que ces malheurs ne fussent rien au prix de son malheur. Et elle les détestait, non comme des pertes odieuses à subir, non comme faisant partie d'une épreuve nationale sans précédent, mais comme des accidents intrus venus s'interposer entre elle et sa propre douleur. Elle voulait être seule avec sa douleur : elle était résolue à désormais ignorer le reste.

Une idée la posséda pendant plusieurs jours : voir l'endroit où Jean avait été enseveli. Oh ! si elle avait pu voir aussi celui où il avait reçu la mort !... Elle mit en branle trois ou quatre personnes influentes, de ses connaissances, fut suspendue au téléphone. Ce qu'elle demandait était de toute impossibilité. On lui laissa entendre du ministère, qu'il lui serait plus aisé d'aller à Berlin, en passant par la Suisse et en se procurant des papiers, que de parvenir jusqu'à la tombe de son mari, si proche. Alors il lui sembla qu'on lui avait pris son mari plus encore que par la mort, par une manière inédite et dont la cruauté raffinée n'était inventée que pour elle.

V

Son vieil ami, La Villaumer, lui était venu faire une insignifiante visite de condoléances. Il était le seul homme de leur ancien groupe d'intimes qui restât, à cause de son âge. Il se présenta de nouveau chez elle :

— Je ne viens pas essayer de vous consoler, mon amie. Si je m'égarais jusqu'à faire cette sottise, mettez-moi à la porte. A mon avis, il n'y a pas pour vous de consolation : vous êtes une femme malheureuse. Il ne faut pas demander beaucoup à la vie, voyez-vous. Vous avez connu le bonheur. Pour la plupart, il reste toujours ignoré. Les ignorantes de ce que vous avez connu, laissez-les se griser de mots ou d'attitudes. Vous, pleurez ce que vous avez perdu, pleurez : ce que vous avez perdu vaut toutes les larmes.

— Merci, mon ami, vous ne vous croyez
pas obligé de faire de moi une héroïne, vous!
Vous savez, vous, que je ne suis pas une âme
héroïque, mais une simple femme amoureuse...,

— Vous êtes la plus pure des femmes que
j'ai connues, en ce sens que vous êtes la plus
naturelle. Vous êtes née dans le Paradis terrestre et vous y avez vécu jusqu'ici. Ce n'est
pas l'Ange qui vous en a mise à la porte avec
une épée de feu, pour un méfait quelconque ; c'est un ouragan qui s'est élevé et a dévasté le jardin...

— Mais je n'en suis pas moins à la porte !

— Je le constate. Rien ne sert d'essayer de
le nier, et il est même très vain de vous dire
que si les autres s'aperçoivent moins qu'elles
sont à la porte, c'est qu'elles n'ont pas,
comme vous, séjourné à l'intérieur.

— Mais elles me disent que tout est
changé ?

— Elles ont raison, et vous le voyez bien

puisque vous êtes hors de l'Eden et que vous ne l'aviez jamais quitté. Seulement les unes acceptent le changement avec rapidité parce qu'elles y étaient préparées, les autres parce qu'elles y sont moins sensibles que vous.

— Alors, s'il y a un tel changement, cela veut dire que je cesserai de pleurer mon mari ?

— Non, mais qu'un jour viendra où vous pleurerez davantage... Souvenez-vous de ce que je vous dis : vous pleurerez davantage. C'est comme cela que vous participerez au changement, vous...

— Davantage ! s'écriait Odette, est-ce possible ? Je ne vous comprends pas.

— J'entends par « davantage » une autre manière de pleurer, qui vous sera sans doute plus supportable. N'en disons pas plus aujourd'hui, mais souvenez-vous de ce que je vous ai dit.

Elle demeura susceptible, au point de ne pouvoir tolérer ni un visage ni une nouvelle. Elle condamna sa porte. Elle interdit à sa femme de chambre de lui parler de la guerre, de lui acheter même les journaux ; elle ne voulait plus rien apprendre.

Puis, Paris lui devint odieux parce qu'elle ne pouvait pas s'y tenir suffisamment à l'abri. Puisqu'il lui était interdit d'aller s'étendre comme un chien fidèle, sur la tombe de Jean, elle résolut d'aller pleurer Jean dans la solitude, de se retirer en un endroit où elle pût ne penser qu'à Jean, vivre avec la seule mémoire de Jean, s'étourdir de sa propre douleur, mais être au moins tout entière à cette douleur qu'aucune puissance n'avait le droit de lui arracher.

Elle pensa retourner à Surville, où Jean l'avait quittée, où elle avait vécu les dernières semaines avec lui pendant ces jours chéris de la fin d'un monde. Se retrouver là, dans les circonstances présentes, serait atroce : tant mieux ! Il n'y avait qu'un genre de supplice redouté par elle ; c'était celui qui

consistait à lui interdire l'union intime et la
unique avec la mémoire de Jean. Souffrir, e
souffrir jusqu'au martyre, mais du martyre m
que lui causait la perte de Jean, c'était ce q
qu'elle pouvait rechercher de meilleur.

Odette partit pour Surville.

V I

On était à la fin d'octobre. La guerre, toujours violente et meurtrière sur toute la ligne de combat que l'on appelait la bataille de l'Aisne, remontait plus terrible vers le Nord, et reprenait, comme à ses débuts, en Belgique. L'angoisse générale, quasi interrompue par le refoulement de la Marne, sévissait aussi vive qu'aux premiers jours. Surville ne pouvait qu'être désert en cette saison, et triste, au bord de la mer. L'Hôtel de Normandie clos, d'autres trop peu confortables, pour s'isoler et ne pas entendre parler du matin au soir de la guerre, le mieux était de louer une petite villa. On conseilla à la jeune femme un pavillon, séparé de la rue par un cordon de peupliers au feuillage jauni, orné d'un étroit parterre gazonné où deux pergolas devaient, l'été, porter des buis-

sons de roses. Pour le moment, ce logement
était d'une terne mélancolie qu'accentuait
alentour le silence de la ville morte. Odette
trouva cela convenable. A peine arrivée, elle
fit un pèlerinage sous les fenêtres, aux volets
rabattus, de l'appartement qu'elle avait
occupé avec Jean. Un vent charriant des
nuages lourds soufflait de la campagne vers la
mer ; l'ancien Casino, si gai jadis, était
obturé par des planches : une affiche de
courses se trouvait encore apposée à l'entrée.
Odette parcourut l'allée qui franchit la dune,
entre les tennis désertés, pour aller jusqu'à
la plage, s'abreuver d'une amertume sans
mélange.

Là elle avait planté sa tente et vécu avec
Jean, une quinzaine de journées ensoleillées,
dans un plein abandon à un bien-être qui
s'élevait de la terre ou tombait du ciel magnifique. Alors, des enfants jouaient, des fox tur-
bulents aboyaient pour se faire jeter un galet
dans la mer. On ne quittait son repos que

pour aller prendre un bain, nager côte à côte, autre délice.

La plage était aujourd'hui abandonnée, et semblait s'étendre, uniforme et grise, jusqu'aux confins du monde. Odette s'assit à l'abri du vent, contre la falaise que forme la dune, et jeta le nom chéri de Jean, que l'air rageur emporta, comme un flocon d'écume, vers le Havre lointain où l'on discernait une quantité de grands transports en rade. Dès son arrivée, le cocher de sa voiture lui avait signalé ces bateaux : ils portaient les troupes britanniques ; une moyenne de cinquante à cinquante-cinq bâtiments arrivaient ainsi tous les jours. La guerre !... Ici aussi, ici encore, à peine au sortir du train, elle lui était rappelée.

Néanmoins des heures passèrent, sans que, du moins, personne ne lui parlât. Le bruit monotone de la mer la berçait, et cette mer, malgré la présence des transports de troupes, là-bas, avait l'air d'une grande chose

étrangère à la tuerie humaine. Odette laissa
ses yeux se reposer sur cette plaine sans limi-
tes, mouvante et désolée. Mais cette tristesse
s'alliait à la sienne ; et, en même temps,
quelque chose d'énorme, de majestueux et
de surhumain allait rejoindre au fond d'elle
la conscience encore rudimentaire de l'avè-
nement des temps nouveaux. Elle fût demeu-
rée là des heures si le soir n'eût accentué jusqu'à le rendre intolérable le désespoir traduit
par ce paysage, et si la pluie ne se fût mise
à tomber en averses drues.

Odette reprit une des allées conduisant à
la ville.

A peine retournée de ce côté, et malgré le
vent et le grain cinglant qui la bousculaient,
elle fut surprise de voir plusieurs immeubles illuminés là où elle croyait ne trouver
que les ténèbres d'une ville endormie. C'était
le Casino, cela, qu'elle avait vu tout à l'heure
entouré d'une clôture de planches ! et c'était
le Grand-Hôtel qu'elle voyait tout cligno-

tant de lumières !... Elle contourna ce dernier pour rentrer à son pavillon, et, à mesure qu'elle s'en approchait, elle discernait une fourmilière humaine, elle percevait une étrange rumeur dans ce trop vaste monument qu'elle avait cru funèbre. Des hommes à la tête bandée, au bras en écharpe, des hommes se mouvant à l'aide de béquilles, et les coiffes blanches et les croix rouges des infirmières : c'était un hôpital. Le vent lui en apportait les relents, l'odeur de teinture d'iode, de gargote et d'indéfinissable fadeur. Elle approchait ; elle passa au bas des fenêtres : ce n'était pas un spectacle si désolant qu'elle l'eût cru ; les infirmières, quelques-unes jeunes, avaient le sourire ; si certains blessés étaient étendus, inertes, d'autres assis sur leur lit, devisaient, s'interpellaient; un grand et naïf éclat de rire la stupéfia, en même temps qu'elle voyait, tout contre la vitre, en plein sous la lumière électrique, la pâlivre face cireuse d'une espèce de Lazare

se levant du tombeau. Elle sentait l'autre
grande construction, en face, également
bondée : elle y vit, à la porte, un planton en
uniforme, une croix rouge, et l'inscription
sur toile blanche : « Hôpital complémen-
taire... » Elle avait cru fuir ici la guerre :
tout la lui apportait... Le pavillon qu'elle
avait choisi, avec sa pelouse verte, ses peupliers, ses pergoles, était situé non loin de
ces ambulances. Dans le jour, elle ne verrait
que des hommes revenus de la guerre !

Elle rentra chez elle un peu déçue. Ce
n'était pas cela qu'elle avait espéré trouver
ici. Deux télégrammes l'attendaient ; elle
ouvrit avec nonchalance, aucune nouvelle
ne pouvant sérieusement l'affecter : tous les
deux annonçaient la mort de jeunes hommes
qu'elle connaissait intimement, d'anciens
amis de son mari, le premier, aviateur,
écrasé sous son appareil, l'autre, tué sur les
bords de l'Yser.

Dès le lendemain, plusieurs lettres lui ap-

portaient des détails sur cette double perte.
L'un de ces jeunes gens, qu'elle se souvenait d'avoir vu chez elle, il n'y avait
pas trois mois, avait livré un combat aérien
à deux mille mètres d'altitude contre un appareil ennemi ; désespérant de l'avoir à coups
de mitrailleuse, il avait foncé sur lui, brisé
son hélice, mais il avait vu aussi se briser
son adversaire en tombant à terre avec lui.
C'était un des premiers exploits de ce genre ;
l'effet sur l'imagination était grand. L'autre
victime du jour, officier de carrière, malgré
une épaule fracassée, un bras pendant, qu'il
s'était fait lier au corps avec des roseaux, avait
continué de commander sa compagnie pendant une heure, jusqu'à ce qu'un obus le dis-
persât en miettes.

Odette frémit. L'héroïsme la touchait
comme tout le monde ; mais ces beaux actes,
ainsi que ces morts multipliées, couvraient le
cas de son mari, l'écrasaient ; la mort du
lieutenant Jacquelin s'atténuait dans les mé-

moires ; d'autres morts faisaient plus de
bruit que la sienne ; la guerre devenue de
plus en plus difficile semblait réléguer ses
débuts en un temps éloigné et quelque peu
inférieur à la tragédie nouvelle. Le lieutenant Jacquelin avait été tué aux premiers
jours de la guerre, de la guerre à l'ancienne
mode encore ! La misère des tranchées sous
les pluies d'automne, c'était une autre guerre,
et celle-ci seulement paraissait la vraie. La
ruée de l'ennemi sur l'Yser, dont on était
mieux informé que de l'invasion antérieure
à la Marne, ramassait et accaparait l'attention des esprits. Odette sentait cela, et, bien
qu'elle ne voulût mêler aucune idée de gloire
à son deuil, l'idée de gloire et l'idée de la
lutte gigantesque pénétraient son esprit,
malgré elle, par cette diminution que subis-
sait le prestige de son héros, à elle. Jamais
elle n'avait songé à tirer fierté de ce qu'il
avait fait ; elle était absorbée par une seule
pensée : que son Jean, son amour, était

mort. Or, froissée dans son amour-propre
elle se surprenait à se dire : « Il est mort
noblement ; il a eu une mort belle, *lui
aussi !* » Seulement le chœur universel semblait répondre : « Depuis lui, d'autres ont
fait mieux !... »

Elle écrivit à ses amies, nouvellement veuves, des compliments en termes hyperboliques, et affecta de ne pas parler du tout de
son malheur personnel. Mouvement d'humeur puéril, car les veuves ne trouvèrent pas
hyperboliques les compliments et ne remar-
quèrent pas la discrétion qu'observait Odette
sur son cas.

Elle décida de ne pas sortir, afin de ne rien
voir, de ne rien entendre, de n'apprendre
rien. Pour un peu, elle eût envoyé à la poste
demander qu'on ne lui fît pas parvenir sa
correspondance ; mais elle espérait toujours
qu'une lettre du ministère lui permettrait
d'aller sur la tombe de Jean. Elle s'enferma
avec le souvenir de son mort, jalousement.

Tout l'irritait, tout lui était odieux ; tout conspirait à élever entre elle et le souvenir chéri une barrière de cadavres sanglants, un écran où figuraient à la fois des hideurs inventées par une imagination satanique et des sentences d'une magnificence morale inconnue d'elle et dont l'éclat nouveau l'aveuglait.

Trépignant, déchirant le mouchoir qu'elle avait à la main pour étancher ses larmes, elle se déclara à elle-même qu'elle ne voulait plus vivre que de Jean et pour Jean. Elle baisa les photographies qu'elle avait apportées de lui. Elle s'étendit sur une chaise longue en s'enivrant du souvenir torturant de lui. Un jour, des jours, une semaine, davantage peut-être, elle allait pouvoir ne vivre que de la pensée de lui. Elle n'ouvrirait ni les lettres ni les dépêches reçues ; tant pis si elle était en retard pour les condoléances, pour les félicitations !

L'idée de gloire militaire, introduite en elle, ne lui suggérait-elle pas, à présent, l'espoir de faire élever un monument à son mari ?

Elle caressait cette idée quand sa femme de chambre entra en coup de vent :

— Madame ! des blessés !... des blessés!... Il y en a ! il y en a !... Dans des autos, sur des camions... Paraît qu'il y en a le double pour Sousville, et le train en a emporté autant sur Houlgate et Cabourg !...

Et Amélie ouvrait les fenêtres. Le convoi des blessés passait devant la maison. Odette n'osa pas se refuser à regarder le convoi.

Des autos ronflaient, les unes couvertes, les autres exhibant en plein jour des hommes entassés, inertes, bandés, couverts de terre, une chair agglutinée où toute vie individuelle, sinon toute vie, semblait suspendue, une charretée d'hommes : aucun homme ; une masse de boue sanguinolente où la souffrance qu'elle recouvrait devait être une souffrance commune. Puis venaient un camion, deux camions, trois camions.

6

C'étaient de grands haquets sur lesquels
étaient placés transversalement des brancards ; et sur ces brancards étaient étendus
ce qu'on appelle les blessés couchés : ceux
dont les jambes sont brisées, déjà ampu-
tés ou meurtris de façon trop grave, ceux à
qui des projectiles reçus dans le corps donnent la fièvre, ceux qui ont le crâne entr'ouvert, sous un pansement de fortune. C'étaient
des fusiliers marins, des fantassins, des Noirs,
de longs et beaux Marocains à peau brune.
Par l'excès de leur malchance, ceux-ci
étaient distincts les uns des autres, étalés,
droits et rigides, comme des cadavres placés
avec ordre, à distance égale, sur les dalles
d'une Morgue. Les camions allant au pas, et
charroyant les pires blessures, à chaque ralen-
tissement, à chaque halte, à chaque reprise de
marche, on distinguait de sourdes plaintes
parfois un cri de Marocain, aigu comme une
voix d'enfant ou de femme, vous coupait la
respiration, et les gens du pays, pressés su

les trottoirs, geignaient comme si on les eût torturés eux-mêmes.

Amélie, qui avait commencé par bavarder sans répit, à présent était étouffée par les sanglots, et, les coudes à la barre d'appui, silencieusement, devant cette procession, elle pleurait. Odette s'était cachée à une autre fenêtre pour faire comme sa servante, incapable de s'arracher au spectacle ni de contenir l'émotion de son cœur.

Puis, ayant refermé les fenêtres, les deux femmes se retrouvèrent face à face et les yeux trempés. Amélie dit :

— Il vaut mieux être mort que vivant...

Jamais elles n'avaient eu une émotion analogue, à Paris, où l'on se croit plus près de la guerre à cause du nombre des kilomètres qui vous séparent du front ou bien parce qu'on entend des gens dits informés qui annoncent du matin au soir des nouvelles contradictoires. Là, dans ce coin paisible et écarté, elles venaient de toucher les débris mêmes de

l'hécatombe. Les yeux seuls nous rensei-
gnent ; auprès de leur témoignage, la parole
est peu.

Amélie ne tint pas en place ; elle courut
derrière le convoi, jusqu'à l'hôpital. Elle
n'avait, de sa vie, rien vu de plus passion-
nant.

Elle dit, à son retour, qu'elle avait eu
peine à reconnaître l'entrée du Grand-Hôtel
où elle avait été, quelques mois auparavant,
porter des mots, de la part de Monsieur ou
de Madame, à M. X..., ou à M. Y..., qui
étaient morts à présent, comme Monsieur.

Elle tenait des renseignements nombreux.
Les blessés du matin venaient du Nord,
d'une bataille épouvantable qui durait depuis des semaines. « Il y en a qui causent,
Madame, il y en a qui ne disent rien ; ils ont
des yeux qui font pitié, comme les pauvres
chiens malades qui vous jettent un coup
d'œil honteux et préfèrent avoir l'air de dormir... » « On voyait de loin, disait-elle aussi,

le chirurgien, à ce qu'il paraît, habillé de blanc, avec un bonnet comme un cuisinier, et les bras nus, qui les recevait à la porte, et les triait, et les envoyait en haut, en bas, à gauche, à droite, tiraillé par les infirmières qui se les disputaient... »

Mais Odette n'avait pas vu cette entrée : cela ne l'intéressait pas. Elle poursuivait une idée à elle :

— Il y en avait un, dans le convoi, dit-elle, un couché, qui était si pâle, le pauvre garçon ! il n'ira pas loin...

Elle s'était juré de ne pas sortir, de rester toute la journée, toute la semaine, avec sa douleur. Aussitôt après le déjeuner, elle mit son chapeau et s'en alla rôder autour de l'hôpital.

Une haie vive séparait de la rue la grande cour où l'on voyait encore un massif circulaire garni de fleurs d'été flétries ; en face, au-dessus d'une autre haie, des vignes-vierges rougissaient sur des pergoles, dans un parterre charmant. Tout portait les restes

d'un temps de parure et de vie heureuse, et
l'on sentait que ces ornements étaient désormais surannés, dérisoires.

Par Amélie, Odette savait déjà l'affectation
de chaque partie de l'énorme hôpital qu'on
entendait bruire intérieurement. Elle savait
qu'à l'entresol, au premier tournant, étaient
les typhiques soignés par une sœur qui,
depuis douze ans, où qu'on l'envoyât, n'avait
pas fait autre chose que de soigner les typhiques et aller dire une petite prière à l'église
la plus proche. Elle savait où se trouvait l'escalier conduisant aux sous-sols par où entraient les provisions de bouche et par où
aussi l'on sortait les morts. Elle savait qu'au
coin du bâtiment, sur la mer, se trouvait la
salle d'opération, visible du dehors... Et, en
effet, passant là, elle aperçut un groupe
d'hommes et de femmes vêtues de blanc, les
manches relevées, tous penchés sur quelque
chose ou quelqu'un. Alors, elle s'enfuit du
côté de la mer, lâchement, et eut honte. En

réalité, cette agglomération d'êtres souffrants la repoussait et l'attirait également. Cela produisait un sentiment complexe, contradictoire et nouveau.

De loin, elle regarda encore le bâtiment et ses alentours. A voir ce pays, ces villas, ces hôtels, le souvenir de l'été passé l'emplissait à l'étouffer, et en même temps elle éprouvait une dispersion brutale de ses souvenirs de l'été passé. En attendant, elle restait comme hypnotisée par la grande maison de douleur. Au rez-de-chaussée, par les baies vitrées, elle discernait un va-et-vient constant de coiffes blanches. Et elle songeait aux soins que devaient nécessiter les cent cinquante nouveaux arrivés du matin. N'était-elle pas prise maintenant d'une timidité à s'approcher de ce lieu auguste ? Elle se jugeait une profane là-devant, elle, oisive, gantée, une ombrelle à la main, ayant pour unique souci son seul deuil personnel ?

Une puissance inconnue la tenait immo-

bile, l'empêchant d'avancer vers la mer où
elle s'en allait au-devant de souvenirs cruels
et trop aimés, et lui interdisait de revenir
vers le lieu de la douleur commune qu'elle
n'avait pas embrassée. Dans l'instant où elle
demeurait hésitante, debout, au milieu de la
dune aplanie, elle fut toute traversée d'un
frisson de nature insolite, qui lui fit peur.

A se rapprocher de l'endroit, elle se donna
comme prétexte le désir de revoir le pauvre
garçon si pâle aperçu couché sur son bran-
card. L'avait-on ranimé ? Sincèrement, elle
eût aimé à le savoir. Mais comment s'y prendre ? Aussitôt revenue sur la route environ-
nant les baies vitrées, elle n'osa plus faire,
du dehors, l'étrangère curieuse : des hommes couchés, d'autres debout la dévisa-
geaient, nouvelle venue, jeune et peut-être
même jolie sous son voile de crêpe.

Elle rentra à la maison, beaucoup plus
troublée que si elle eût vu du monde, et laissa
Amélie lui parler de tout ce qu'elle avait

appris concernant non seulement l'hôpital,
mais les hôpitaux de la région. Elle n'en re-
tint que le nom d'une dame qu'elle avait ren-
contrée en août, à l'Hôtel de Normandie et
qui, paraissait-il, soignait les blessés dans
l'hôpital voisin : Madame de Calouas.

Puis, elle se cloîtra de nouveau, méfiante
à l'égard du singulier attrait exercé sur elle
par la cité douloureuse. Elle s'adressait à la
photographie de son Jean, et lui disait : « Je
ne veux être qu'à toi, ne penser qu'à toi... »
Elle relisait les livres qu'ils avaient lus ensemble. Ou plutôt elle se plaisait à se répéter
qu'elle avait lu ces ouvrages avec Jean. Ou
bien elle se promenait dans son petit jardin,
faisant quarante fois le tour de l'allée bordée
de haies, jonchée par les lamelles d'or que
les peupliers répandaient comme une pluie.
Elle s'arrêtait quelquefois devant la porte à
claire-voie sur la route, et s'y amusait à
compter le nombre de minutes que l'on pouvait demeurer là sans apercevoir un passant.

Un jour, elle crut reconnaître Mme de Calouas qui filait à bicyclette, légère, et d'un
vol uni, comme une libellule. Et elle eut le
désir de la retrouver, non pour elle-même
qui ne lui avait laissé qu'un souvenir quelconque, mais dans l'espoir de lui parler ou
de l'entendre parler de Jean.

Elle la guetta, vainement. Elle s'autorisa
même à sortir, dans l'espoir de rencontrer
Mme de Calouas.

— Mais, Madame, disait Amélie, c'est
bien facile : on sait à quelle heure ces dames
arrivent à l'hôpital ou en sortent : Madame
n'a qu'à aller faire les cent pas devant la
grande cour...

Ce ne fut que le dimanche suivant, à la
messe d'onze heures, qu'Odette retrouva
Mme de Calouas et lui parla.

— Comment ! dit Mme de Calouas, vous
ici ! mais à quel hôpital êtes-vous ?

Odette crut que l'infirmière se trompait, et
qu'elle voulait dire : « Où habitez-vous ? »

— Je suis au pavillon Elisabeth.

— N'est-ce pas le nouveau poste auxiliaire ouvert pour les contagieux ?

— C'est une toute petite villa, dit simplement Odette ; elle me suffit à moi seule.

— Et, que faites-vous là, grand Dieu ?

— J'y suis venue, dit Odette, pour pleurer en paix mon mari...

Mme de Calouas eut une physionomie de circonstance, mais n'ajouta rien. Odette dit :

— Il a été tué à la fin de septembre, à la tête de sa compagnie, en débouchant du village...

— Oui, j'avais appris, dit Mme de Calouas ; j'aurais dû vous adresser une carte ; mais au temps où nous vivons !..

— Vous-même, vous portez le deuil ?... dit Odette.

— Oh !... moi, j'ai perdu mon mari, mes deux frères, un oncle colonel, des cousins...

Et elle fit de la main un geste qui signifiait : « On ne compte plus ! » Elle ajouta, avant de quitter Odette :

— Venez me voir à l'hôpital, de 8 heures
à midi et demi et de 2 à 4. De 4 à 6 j'ai un
autre service à la Croix-Rouge, là tout près :
je vous ferai voir des choses. Venez.

Odette hésita longtemps. Elle s'enferma de
nouveau avec son souvenir adoré. Elle en
voulait à Mme de Calouas de n'avoir pas eu
un mot pour l'homme exquis qu'était Jean et
qu'elle avait vu à l'hôtel. Si elle sortait, c'était
précisément aux heures où elle savait Mme de
Calouas à ses hôpitaux. Quand le vent de
mer était trop violent, elle parcourait les
rues mornes d'une ville d'été inhabitée,
d'une ville de plaisir où le mot « plaisir » est
devenu étrange et malséant. Ces rues se cou-
paient à angle droit ; elles étaient presque
toutes bordées de haies par dessus lesquelles
on apercevait un jardin, la cage métallique
d'un tennis, une villa Normande, et personne. Souvent, en toute sa promenade, elle
ne rencontrait qu'un seul être, un homme
gros, presque impotent, chargé de balayer

les feuilles mortes, besogne dérisoire, car le vent défaisait à mesure son ouvrage, tandis que les arbres ébranlés épandaient derrière lui une autre couche de petits cadavres roulants et dorés.

Ou bien, marchant hardiment, Odette arpentait la longue terrasse, et, une fois aguerrie contre le vent, allait jusqu'à la mer.

A certaines heures, la plage était parcourue par les hommes en traitement. On les reconnaissait à leurs bras en écharpe, à leurs béquilles, à leur tête bandagée, très peu à leur costume militaire dont ils ne conservaient que des parcelles dépareillées. Ils étaient vêtus de vieux vestons, de gilets de tricot, de pantalons extraits de toutes les armoires de Normandie. Les uns claudiquaient, les autres, affaiblis, laissaient peser leur pas sur le sable ; ceux qui avaient des jambes luttaient entre eux, couraient, jouaient comme des enfants. Le bord de la mer leur plaisait ; ils y ramassaient des co-

quillages et se régalaient de la chair baveuse
des palourdes. Quelques-uns dirigeaient vers
la jeune femme un regard trop expressif et
disaient un mot cru qui, à une autre époque,
l'eût fait sourire. Leur groupe éparpillé
était loqueteux et surprenant, de mémoire
d'homme nul œil n'ayant jamais contemplé
spectacle pareil. Il excitait la compassion ; et
presque chaque homme, en particulier, trouvait, sans le chercher, le mérite viril de paraître de bonne humeur .

Odette en les croisant se sentait émue et
elle était aussi un peu jalouse : *il* n'avait pas
été lavé, pansé, bandé, ni même habillé
d'oripeaux, *lui* ; il n'avait pas promené ses
chairs déchiquetées au bord de la mer ; il
avait été tué net. Elle se disait : « L'un de ces
soldats l'a peut-être connu, l'a peut-être vu
tomber ; il pourrait m'apprendre des détails,
me dire ses derniers jours, sa dernière heure,
sa dernière minute... » Et elle faiblissait à la
possibilité de les interroger, d'apprendre...

La mer démontée, le ciel tumultueux, le
vent, les côtes grisâtres, les transports à l'horizon, toujours, cette plage immense et
vide, ces misérables restes de la guerre, et
elle-même, veuve inconsolée, implorant de
la tempête qu'elle la soulevât et la détruisît
dans ses tourbillons !... Le ressouvenir constant du passé, l'image de ces mêmes lieux,
supports naturels de tous les agréments de
la vie !... La mémoire de cette eau qui avait
baigné le corps de Jean, et du soleil d'août,
et de la foule remuante, élégante et gaie que
les chandails multicolores émaillaient comme
une profusion de tulipes ; le mouvement des
autos, le son des orchestres !... A ces contras-
tes, son cœur se contractait plus qu'à Paris.
La solitude, l'hiver approchant et le coudoie-
ment des souffrances provoquaient en elle
des troubles imprévus. L'air agité, noir, peu-
plé des seuls corbeaux croassants, laissait aux
lèvres une saveur âpre, et, malgré tout, sou-
levait on ne savait quoi de grand.

VII

Il fallut la menace de rencontrer, le dimanche suivant, à la messe, Mme de Calouas, avant qu'Odette eût été lui faire la visite promise, pour qu'elle se décidât à franchir la porte de l'hôpital.

Elle y alla le samedi, entre deux et quatre heures. Un planton, avec des galons de caporal, l'arrêta comme si elle eût eu son sac à main garni de pastilles incendiaires, puis s'adoucit en entendant le nom de Mme de Calouas, et il fit conduire Madame à la chambre 74. Odette resta longtemps devant la porte de la chambre 74 ; enfin elle en vit sortir un médecin portant une boîte d'instruments, puis Mme de Calouas qui lui dit :

— Ce n'est pas de chance, chère Madame, et je vous prie de m'excuser : un de mes malades nous a retenus. Mais je suis à vous.

Je vais seulement changer de blouse pour vous faire visiter les salles.

Mme de Calouas fut rapidement vêtue et introduisit Odette dans une chambre voisine où une toute jeune infirmière et deux infirmiers militaires maintenaient à grand'peine un tétanique à l'état de crise. La tête du malade, avec la mâchoire contractée, la nuque pétrifiée, rappelait certaines « attractions » horribles des musées de cire, et son corps soulevé, arcbouté sur la tête et les talons, formait une arche de ciment, rigide et dure, comme celle d'un pont. Odette blémissait. Mme de Calouas lui dit :

— Vous manquez d'entraînement. Voyez cette petite qui le soigne : elle n'a pas vingt ans ; c'est une jeune fille...

Puis on passa dans une autre pièce d'où s'exhalait une odeur pestilentielle :

— La gangrène gazeuse, dit Mme de Calouas. Ce n'est pas un parfum pour le mouchoir ! non. Mais on se fait à tout. Avec des

7

soins assidus, une aseptie irréprochable, nous avons sauvé un certain nombre de blessés affligés de cette complication. Nous avons la chance, ici, de posséder un chirurgien qui n'est pas pressé de couper...

Dans le long corridor, les infirmières, la plupart jeunes, glissaient ou couraient. Puis, on vit M. le Curé, revêtu d'une aube, qui entrait précipitamment dans une des chambres. Dans le vent de sa marche, Mme de Calouas se laissa porter. Odette la suivait.

Une chambre d'hôtel confortable, tapissée de papiers aux couleurs lumineuses, deux femmes tout en blanc, et, sur un lit propre et blanc, un grand jeune homme dévêtu, presque aussi blanc que le lit, mais de la bouche de qui un fleuve de sang s'épanchait. Il avait reçu un éclat d'obus dans le sinus, il était opéré du matin ; une hémorragie s'était déclarée. Une source rouge et du blanc ; impression sans analogue ; sentiment d'épouvante.

— Il faudrait tamponner, dit Mme de Calouas.

— Le docteur arrive, répondit une des infirmières.

Deux d'entre elles étaient penchées sur le
corps blanc ; l'une faisait une injection de
sérum au ventre, l'autre une piqûre d'ipéca
à la cuisse. Et le prêtre se tenait, lui, aux
pieds cadavériques, et donnait l'onction des
saintes huiles. Le major arriva et mit les
tampons où il convenait.

Mme de Calouas regardait cela comme un
de ces cas normaux que l'on rencontre sur
son chemin dans la visite d'une ambulance.
Odette faisait effort pour demeurer debout.
Elle demanda à prendre l'air. Mme de Calouas sourit :

— C'est la guerre ! Et nous ne sommes
qu'un hôpital de l'arrière. Il ne pleut pas des
marmites ici... Nous allons visiter les salles
du bas, si vous voulez bien ?

Ces salles, vastes, se trouvaient un peu dé-

garnies, à cette heure, car un assez grand
nombre d'hommes étaient à la promenade.

— Ils se refont vite, si vous saviez ! On voit
la chair bourgeonner...

— Et ils retournent au feu ? demanda
Odette.

— Il le faut bien !

Certains malades, réunis à quatre, faisaient une manille sur un lit. D'autres, étendus, lisaient ; plusieurs dormaient ; quelques-uns recevaient des visites. Un photographe opérait dans un coin.

Tant de lits ! tant de lits ! et des chairs en
lambeaux ; une hanche trouée ; et des membres sciés ; des crânes trépanés ; et le tétanos,
la gangrène, le typhus, et ce rouge torrent
par où une âme d'homme s'échappait, parmi
tant de blancheur !...

Odette se croyait mourante en quittant
l'hôpital. Elle y avait eu à tout instant une
question sur les lèvres : « Est-ce que je trou-
verais ici quelqu'un ayant pu connaître mon

mari ? » Qu'est-ce qui l'avait empêchée de la
formuler ? Elle n'eût pas su le dire ; mais
elle n'avait pas même prononcé le nom de
son mari. Un poids lui avait écrasé les épaules durant toute sa visite ; elle se sentait accablée par quelque énormité nouvelle. Le pis
fut qu'une fois revenue chez elle, elle se sentit confuse de pleurer son malheur.

Le fait aussi que toutes ces chairs d'hommes avaient été dévastées pour une même
cause, que, si ces malheureux gémissaient,
pas un n'osait incriminer la cause ; et cet
autre fait qu'une partie de l'humanité, debout, était penchée pour la secourir sur une
autre partie de l'humanité pantelante, l'obli-
geaient à ramasser toutes ses pensées désor-
données et à s'écrier, au comble du désarroi :
« Il y a quelque chose de changé !... »

Le soir, à 6 heures, au lieu d'aller errer
dans les rues d'une trop lourde tristesse, elle
alla, comme l'en avait priée Mme de Calouas,
à un « salut » à la chapelle de l'Orphelinat où

était installée la Croix-Rouge. C'était une
chapelle de couvent, réservée aux religieuses,
le public n'étant admis que derrière une sorte
de jubé en bois sculpté au travers duquel
apparaissaient les sœurs bien rangées, les
orphelines, l'autel, les lumières. Elle se
trouva là environnée de blessés valides, c'est-
à-dire pouvant tant bien que mal se mouvoir
d'un endroit à un autre. Ils avaient des têtes
enveloppées de bandages, des bras en
écharpe, des jambes raidies ou déformées,
des béquilles. Les chants émurent Odette plus
qu'elle ne l'eût pu croire ; et, tout à coup, les
sanglots l'étranglèrent et elle pleura. Les
hommes se retournaient vers cette jeune
femme en deuil qu'ils n'avaient pas pu ne
point remarquer, et qui s'épongeait conti-
nuellement les yeux. Elle pleurait par un
besoin naturel de pleurer. Elle pleurait Jean,
mais elle pleurait la grande pitié de tous ces
corps lacérés ; et, pour la première fois, elle
se représentait que ces hommes ou ces restes

d'hommes venaient de lieux où la mort et les supplices étaient la chose la plus ordinaire.

Mme de Calouas l'entendit et la vit. Elle savait d'Odette elle-même qu'elle était venue ici pour « pleurer » son mari. Elle lui dit, à la sortie :

— Ah ! vous l'aimiez donc bien ?...

Et ce fut à ce mot qu'Odette comprit qu'elle venait de pleurer quelque deuil immesuré et dont la qualité la laissait en une espèce d'hébétude.

VIII

Ceci ne dura pas, et aussitôt chez elle, elle fit amende honorable à Jean. Elle chassa toute autre idée que celle de Jean, elle maudit l'universel complot contre son cher souvenir. Que pouvait-elle contre les infortunes des autres, si grandes et innombrables qu'elles fussent ? Ces femmes, aussi, qui semblaient nier leurs propres deuils, ne lui inspiraient-elles pas un certain effroi ?

Elle passa des heures d'insomnie à rouler de telles idées, à vouloir à tout prix se reprendre, en faisant abstraction du monde extérieur bouleversé. Et elle s'endormit en se jurant de n'appartenir jamais qu'à la mémoire de Jean.

Cependant, le lendemain, dimanche, à

l'issue de la messe, elle n'eut de cesse qu'elle n'eût rejoint Mme de Calouas. Et elle lui dit:

— Est-ce que je pourrais vous être utile, à l'hôpital ?

Mme de Calouas lui répondit :

— Je vous attendais. Je n'ai rien fait pour vous amener avant l'heure ; mais je suis heureuse de votre désir. Je commence par vous loger sous mon aile ; pour vous initier, vous m'aiderez ; cela vous va-t-il ?

— Certainement... Je ne sais rien faire...

— Quand entrez-vous ?

— Quand vous voudrez.

— Allons ! je vous laisse votre dimanche... Ou plutôt, venez avec moi, que je vous fasse agréer immédiatement par le médecin-chef et vous essaie une coiffe, une blouse provisoires. Et ce sera pour demain matin.

Odette vit le médecin-chef. Elle essaya le costume d'infirmière que son amie lui prêtait en attendant qu'elle s'en procurât un ; et, le lendemain matin, à 8 heures, elle entra à

l'hôpital, après avoir signé un engagement,
un peu comme elle fût entrée en religion.

A cette heure-là, des femmes salariées
épongeaient le sol avec des torchons mouil-
lés, et l'on entendait dans les salles le bruit
des seaux qu'on transportait, et posait en
laissant retomber l'anse métallique sur leur
flanc. Une humidité s'élevait du sol. L'air
marin, par les vasistas ouverts, balayait
l'odeur de chambrée. Les hommes valides
allaient aux lavabos. Certains aidaient à se
laver, sur les couchettes, leurs camarades
incapables des bras.

Odette se dirigea vers Mme de Calouas et
passa d'abord devant les vingt lits à elle
attribués, dont une douzaine étaient occupés
par des blessés sérieux qui regardaient la
nouvelle venue avec une fixité gênante.
Mme de Calouas conduisit Odette à la salle
de pansement, et pour cela lui fit traverser
toute la salle au milieu de soixante hommes
échangeant au réveil des propos de soldats

qui la brusquaient ou l'amusaient, la laissaient surtout étonnée que toutes ces dames
n'y prissent seulement pas garde.

Mme de Calouas, en donnant des instructions à son élève, se mit en devoir de flam-
ber des bocks, de dérouler et déchirer des
pièces de coton, de vérifier les piles de compresses, les canules, les drains. Cette salle
exhalait une odeur de substances antisepti-
ques, balsamique et fade.

Puis l'on revint à la grande salle, et Mme
de Calouas désigna par son nom et quelques
indications sur son infirmité, chaque malade ; elle pria Odette de laver tel et tel, de
faire le lit d'un malheureux qui, d'un seul
bras, n'y pouvait réussir.

— Attention à ce que vous leur dites,
lui souffla-t-elle à l'oreille. Songez que, de
vos premiers mots dépendra votre situation
parmi eux.

Odette remarqua que les malades la regardaient sans la quitter un seul instant des yeux.

Elle fut assez heureuse, et par ses premiers mots prononcés et par la douceur avec
laquelle elle débarbouilla les deux ou trois
impotents. Alors elle vit les figures se modi-
fier. Ces yeux pleins d'angoisse, et qui font
trembler les doigts d'une nouvelle venue,
s'apprivoisèrent. Elle avait la main adroite :
sa figure était très avenante. Il y eut un pauvre homme qu'elle dut nettoyer d'un bout à
l'autre, comme un enfant nouveau-né, besogne pénible pour une débutante. Quand elle
l'eut remis en état et bordé dans ses draps
propres, et alors qu'elle allait passer à un
autre, le malheureux lui dit :

— Madame, attendez !

— Et elle le vit se retourner dans son lit
avec peine, soulever son drap, allonger un
bras douloureux et maladroit qui voulait
à toute force atteindre, au dos du lit, la
musette suspendue. Elle approcha elle-
même le sac de toile à portée du blessé, et
celui-ci, hésitant, fourgonnant, tâtonnant,

parmi tout un fourbi où il y avait un couteau, des lettres, des restes de pain, parvint à extraire deux photographies : c'étaient celles de sa femme et de ses deux tout jeunes enfants. Il voulait récompenser la nouvelle infirmière de ses soins ; il faisait ce qu'il pouvait de mieux : il lui présentait sa petite famille.

Odette, émue, adressa un compliment sur sa femme et ses deux enfants au pauvre garçon qui fut désormais pour elle un ami.

Mais Mme de Calouas venait annoncer l'arrivée des brancardiers pour conduire « la cuisse » au pansement. Odette suivit « la cuisse ». On chargea la nouvelle infirmière de couper le pansement. Elle transpirait. Elle crut pouvoir accuser les ciseaux d'être défectueux, ce qui provoqua le rire de tous les initiés autour d'elle, sauf du patient qui la regardait avec une appréhension dont elle se sentait paralysée.

— Il faut apprendre à couper un pansement, dit Mme de Calouas ; vous vous y ferez, c'est un coup de main...

Enfin l'acier parvint à mordre les compresses humides. Quand celles-ci s'écartèrent, la blessure apparut. C'était une fracture ouverte de la jambe d'où s'exhalait l'odeur spéciale et nauséabonde du pus osseux. La large plaie béa, comme une fleur de cauchemar aux pétales épais, mous et visqueux, enduits d'une couche crémeuse, d'un vieux rose sali. On nettoya. Le malade serrait les dents et, de temps en temps, un cri s'échappait de sa petite figure maigre et brune. Quand on le regardait, il avait le courage de sourire en disant : « Ça va très bien... »

Odette était plus malade que le blessé. Elle demanda encore, comme la veille, à prendre l'air ; et, à la porte d'entrée, tandis qu'elle trébuchait, toute verte, allant s'évanouir, le planton qui connaissait ces phénomènes, aidé d'un homme valide, la coucha tout de son long sur la dalle de marbre. Ce ne fut que l'affaire d'un instant. Elle rentra dans la salle, et, à l'imitation du blessé, dit : « Ça va très bien. » L'affairement ininterrompu lui fit oublier même l'incident. Une femme bienveillante l'entraîna dans une embrasure et lui offrit une goutte d'elixir. On emportait à ce moment à la salle d'opération un homme qui crânait en adressant à ses camarades le classique au revoir qui peut si bien être un adieu : « Je vais faire ma partie de billard !... »

— Tâche de gagner, mon vieux ! lui répondait-on de toutes parts.

Et Odette assista, sans broncher, à « sa » première opération.

Elle rentra chez elle à midi et demi, rompue, mais allégée et contente d'elle. Amélie lui dit :

— Madame est pâle ; Madame est de la couleur de l'abat-jour quand on voit la lampe allumée à l'intérieur...

Après son déjeuner, elle dormit lourdement une demi-heure ; puis elle retourna à l'hôpital. L'après-midi y était plus calme, au moins jusqu'à la contre-visite du major, avant le repas des hommes à six heures. Elle fit plus ample connaissance avec ses malades ; elle les entendit parler de la guerre. Elle trouva l'occasion de dire : « Mon pauvre mari a été tué le 22 septembre. » Mais cela ne produisit pas grand effet, aucun de ces soldats n'ayant connu le lieutenant Jacquelin. Chacun d'eux racontait ce qu'il avait vu, et le reste ne semblait pas pour lui avoir une existence réelle. Elle en subit une déception, mais elle fut introduite, par des récits divers et touchants de choses vues, dans cette guerre qu'elle voulait ignorer depuis que son mari était mort. Les batailles de l'Yser, la souffrance des combattants passant des jours et des jours dans l'eau glacée, les fantastiques ruées allemandes, les chiffres des morts sous ces cieux sinistres, mettaient en branle son imagination. Pensant toujours à son mari, elle le voyait tout seul en face de ces armées

furieuses, et il en était écrasé... Lui, il était
sorti, sabre au clair, de son petit village, à la
tête de sa compagnie, par un beau jour d'été,
et il avait été tué net... Devant les survivants
de l'Yser, elle n'osait plus dire la circonstance,
cependant belle, de la mort du lieutenant.
Cette guerre allait s'élargissant, grandissant
hors de toutes mesures.

Dans l'hôpital on commençait à s'organi-
ser pour l'hiver ; certains prétendaient que
dans six mois la guerre ne serait pas termi-
née ; d'autres disaient avec assurance : « Dans
dix-huit mois non plus ! » mais ils étaient
suspectés de semer la démoralisation. Cependant les Anglais s'installaient pour trois années !... De son ami La Villaumer, demeuré à
Paris, Odette recevait des lettres où il écrivait : « Nous sommes des enfants, tantôt gais,
rieurs et gambadant, tantôt hurlant sans
qu'on sache pourquoi. Ma chère amie, occu-
pez-vous de vos travaux et ne lisez pas les
feuilles... Pour moi, quelque chose me frappe

plus encore que le monstrueux ébranlement
du colosse germanique : c'est l'âme du colosse. Elle est *une*. Elle n'a qu'un but qui est
la grandeur de la nation allemande. C'est un
sentiment rudimentaire, sauvage, primitif,
barbare, mais bien fort ! Nous autres, nous
marchons parce que nous avons été attaqués,
et aussi pour défendre des idées qui nous font
le plus grand honneur : Liberté, Justice, etc.
Nous sommes animés par le sentiment très vif
des Droits de l'homme. Nous aimons l'Humanité. Eux, ils aiment l'Allemagne. Comme
c'est plus simple ! et comme cela les déleste
de tous les scrupules qui nous retiendront...
Songeons qu'en définitive, c'est celui qui
aura triomphé par la Force qui imposera les
valeurs morales de l'avenir... »

Ainsi, l'incertitude, l'admiration, la confiance, le scepticisme et l'état d'alarme s'im-
plantaient concurremment dans les esprits
et Odette, atteinte avec tout le monde, commençait dès ce jour, à être imprégnée

comme de l'odeur d'hôpital, de cet irritant mélange.

Il lui sembla peu à peu que ce n'était plus elle-même qui se soutenait. Elle se laissa enlever, porter et conduire par la vie d'ambulance. Celle-ci était à la fois horrible et presque riante. Un lieu de douleur, l'évocation perpétuelle de monstruosités nullement à l'échelle du cerveau humain ; mais aussi une réunion où dominait la jeunesse, ce qui sauve tout. Dans les regards des blessés couchés, regards qui prennent tant d'importance pour celle qui passe et repasse au pied des lits, brûlait une flamme, incommodante et attirante, résultat de l'incandescence d'une matière sans nom. Parfois on avait l'impression de voir en certains blessés des êtres qui revenaient de l'au-delà. Ils avaient vu ce que rien ne les avait préparés à voir, quelque chose qui les confondait dans leurs sens et dans leur jugement. Quelques-uns disaient : « C'est l'Enfer ». D'autres, beaucoup plus simples,

disaient seulement : « Il faut y être !... » Certains, sans imagination, sans mémoire et tout
entiers au moment présent, enfermaient en
eux une inconsciente gravité qui contrastait
avec leur nature juvénile. D'une façon générale, une infirmière nouvelle, comme Odette,
pouvait cependant constater :

— Mais les blessés ne sont pas tristes !...

— Parce que, lui répondait-on, ils sont
tous heureux de n'être pas morts...

Ainsi les jours se succédaient, sans atténuer
pour Odette son chagrin particulier, mais en
le voilant comme sous un drap de deuil qui
couvrait tout ce qu'elle imaginait de la surface terrestre. Elle pensait à Jean à propos de
tout ; mais elle n'avait pas le temps de paraître penser à lui ; et parler de lui la gênait.

Elle menait une vie très active. Il arrivait
qu'au moment où elle se mettait à table, toute
seule, le soir, au pavillon Elisabeth, on sonnait à la porte. Et c'était un de ces messieurs,
employés bénévoles, qui passait, à bicyclette,

avertir les infirmières qu'un convoi de cent-vingt blessés était annoncé pour onze heures à la gare. Dès dix heures et demie, Odette qui ne voulait pas s'endormir et qui ne savait que faire chez elle, était déjà à l'hôpital, ayant revêtu sa coiffe, sa blouse. Les **plus** zélées étaient là, et les plus paresseuses aussi, qui voyaient une occasion de se réunir et de bavarder. Le médecin-chef allait partout, ouvrant et fermant des portes ; les majors arrivaient un à un ; le chirurgien, en blanc, les manches retroussées à mi-bras, causait avec ces dames. La sonnerie du téléphone retentissait : c'était le commissariat de police qui faisait dire que le train avait une heure de retard. Quelques personnes étaient désespérées ; il y en avait que cela faisait rire. On attendait. Et parfois le train, au lieu d'une heure de retard, en prenait deux et trois. Mais la résignation devenait plus générale à mesure que les motifs s'accumulaient de s'impatienter. Dans le grand hall où l'on était réunis, l'on

s'asseyait sur n'importe quoi, ou l'on s'allon-
geait sur les brancards. Les papotages s'étei-
gnaient comme les lumières. Des dames blanches, montant ou descendant sur la pointe des
pieds les marches du grand escalier, semblaient d'angéliques apparitions. A travers la
cloison, on entendait les ronflements des
hommes endormis. Tout à coup la sonnerie
secouait chacun : le train, enfin, entrait en
gare. On rallumait les lustres. Et dix minutes
après, les premières autos bruissaient dans la
cour. On ouvrait toutes grandes les portes,
malgré le froid ; les brancardiers se précipi-
taient ; et, aussitôt, contrastant avec ce
bond rapide, on voyait s'avancer, lentement,
soutenus ou portés par des quinquagénaires
robustes, les blessés, sanglants, barbus, ter-
reux, hâves, exténués ; quelques-uns à demi-
nus, beaucoup les pieds gelés. Tout se tai-
sait, un religieux respect arrêtait les propos
dans les gorges. Avec ces loques de chair et
ces haillons d'habits militaires français, un

transposition de l'idée de l'homme sur le mode pathétique s'opérait dans l'esprit de tout être qui n'était pas purement inconscient ; un peu de l'atmosphère du sillon de feu entrait et aseptisait les cœurs. Le lendemain la familiarité renaîtrait. Mais, durant une heure de ces sombres nuits d'hiver, et pendant que le chirurgien, penché sur chaque victime, lui demandait presque tendrement : « Et toi, mon petit ?... » quelque chose d'auguste, une fumée de l'énorme sacrifice humain pénétrait dans cet ancien et banal hall d'hôtel, le sanctifiait à jamais. Et nul de ceux ni de celles qui étaient là, malgré l'heure avancée de la nuit, malgré le long temps de l'attente, malgré la fatigue visible sur toutes les figures, qui ne se félicitât d'y être.

D'où venaient ces hommes ? D'Ypres, d'Arras, de Notre-Dame-de-Lorette. Et ces noms évoquaient tout ce qu'on savait, par les journaux et les on-dit, de ces charniers dont l'imagination repousse l'image, sur lesquels les rescapés eux-mêmes font silence...

Odette, la brosse savonneuse à la main, refoulant toute répugnance, imitant les autres, contribuait à soulager une misère que l'humanité ne semble avoir ni connue ni soupçonnée.

De pires soins ne la rebutaient encore pas. Mais par l'effort qu'elle devait donner, par l'opposition entre ce qu'elle faisait et voyait, et ce que la vie lui avait précédemment offert, le caractère de la catastrophe se représentait à son esprit trop insuffisant à le concevoir. « C'est donc si grand ? » pensait-elle, et même : « Il y a donc quelque chose de grand ? » Car nulle âme au monde ne lui avait enseigné cela. La comparaison inévitable avec sa vie passée faite pour elle-même, pour ses satisfactions individuelles, ravalait ses souvenirs, même de bonheur, à quelque chose d'un peu petit. Tel était, en effet, l'avis de Mme de Calouas ; mais non celui d'Amélie

à qui il fallait tenir tête parfois, dans la solitude :

— Madame prend les idées qui courent,
disait la bonne, c'est très bien ; mais Madame
me croira : le bon temps, et le vrai, c'était
autrefois quand on n'apprêtait pas les malheureux hommes comme pour en faire un
civet...

IX

Odette — qui eût cru, un an auparavant, que cela arriverait jamais ? — avait un penchant à suivre jusqu'au cimetière le triste convoi des soldats morts. Etait-ce l'occasion d'une promenade au grand air dans la campagne ? Non, car elle l'avait fait, elle si frileuse, durant tout le noir hiver. Mais, avant toute chose, elle pensait qu'elle n'avait pas enseveli son mari. Soumise, malgré tout, à l'habitude de rites séculaires, n'avoir pas suivi le corps de son mari dans un char funèbre, à sa dernière demeure, lui semblait un manquement à quelque ordre souverain. Hélas ! le corps de son mari n'avait été conduit dans aucun char ; nul ne l'avait suivi... Mais elle ne voulait pas se représenter ces

détails trop cruels, et, accompagnant la dé-
pouille des soldats, elle croyait s'acquitter,
dans une certaine mesure, d'un devoir essen-
tiel non rendu à Jean. Puis, la cérémonie, à
l'église, l'émouvait. Le mélange de l'appareil guerrier avec ces chants et ces paroles de
douceur et de paix, la confrontation du tu-
multe des batailles avec les gestes hiérati-
ques du prêtre, et l'imploration du repos éter-
nel pour cette âme qui a connu au comble de
son horreur le chaos terrestre, ont quelque
chose qui laisse étourdis l'esprit, les sens et
le cœur.

Le cortège escaladait le petit chemin in-
cliné, serpentant, qui conduit sur le coteau,
à la vieille ville. Des camarades blessés, boi-
tillant, les pieds mal défendus contre le sol
raboteux par des espadrilles, les uns man-
quant d'un bras et les autres d'un œil, sui-
vaient le char des pauvres revêtu du drap
tricolore, derrière les vieux parents ou la
jeune veuve en larmes ; puis venaient des

délégués de la municipalité et de l'hôpital :
des bénévoles, des gens pieux et des oisifs.
Les haies verdoyaient ; les fermes, avec leur
marmaille à la porte et leurs troupeaux beu-
glants, sortaient du sommeil où les avait
plongées l'hiver ; on entendait poser à terre
les seaux où l'on trait le lait ; les pommiers
dans les champs n'étaient qu'énormes touf-
fes de fleurs candides. Lorsque le convoi,
ayant gravi la pente, inclinait vers la droite,
tout à coup, on apercevait la ville, ses hôtels,
ses casinos transformés en ambulances à
croix-rouge flottante, ses clochers, ses longues plages blondes, la mer sans bornes avec
la ligne des transports anglais amenant au
loin, sans répit, depuis tant de mois les troupes britanniques sur le sol de France. Par là
l'horizon se joignait à ce drap national qui
recouvrait le corps du petit soldat au ventre
crevé par une balle en Picardie. Il y avait,
en tout cela, une poésie surprenante et
neuve : l'immolation de l'homme à quelque

chose qu'il comprend à peine, l'acte considérable auquel tous voulaient participer ; et, par contre, le désinvolte renouveau, l'indifférence totale de la nature.

Et tous, unanimement, pensaient à la fin de la guerre... C'est l'illusion que produit le printemps, la renaissance de tout ce qui vit, le besoin urgent de paix et de bonheur que crie sous le soleil revenu l'ensemble des plantes et des créatures. Ceux qui parlaient, derrière le cercueil, hochaient la tête ; ils disaient : « Quel malheur ! » Mais tous pensaient : « Ce sera évidemment bientôt fini. » On soupirait : « Mon Dieu, faites que ce soit le dernier... » Hélas ! on n'en était qu'au premier printemps de la guerre ! Si une voix prophétique eût crié : « Au printemps de l'autre année ; au printemps de l'année suivante, et encore de l'autre année, la même cérémonie s'accomplira, les mêmes espoirs seront formulés, les mêmes illusions caressées ! Car les saisons sur les saisons s'entasse-

ront, les années sur les années ; l'horrible et
le malheur seuls seront modifiés, car ils croî-
tront et seront jetés par le temps hors de
toutes proportions dites raisonnables... »,
assurément ces bonnes gens se fussent effon-
drés. Ils cueillaient des fleurs, le long du
chemin, en redescendant. Les soldats s'arrêtaient dans les débits où on leur offrait du
cidre, et tous revenaient, à la fois émus,
attristés et enrichis d'espérance, comme il
arrive lorsqu'a succombé une nouvelle victime...

Le printemps s'écoula, puis l'été, et l'automne.

Odette ne parlait jamais de la mort de son
mari, quoiqu'elle y pensât sans cesse. Elle
n'avait trouvé ni un soldat ni un officier qui
l'eût connu. La mort du lieutenant Jacquelin, au début de la guerre, c'était une dispa-
rition pareille à tant d'autres, dans une
chaîne d'événements incommensurables. Un
homme tombait ; un homme nouveau sur-

gissait ; presque tous les officiers de carrière étaient morts, et il y avait toujours des offi- ciers.

— Qu'est-ce qu'un homme ? lui dit un jour un simple soldat sur la plage.

X

Au commencement du printemps suivant, ir
comme les jardins de Surville, entre les vil- li
las, foisonnaient de prunus en fleurs, comme n
la campagne encore une fois se couvrait de b
ces beaux arbres de neige rose que l'on a
peine à regarder quand l'espèce humaine n
s'entretue, et comme les bois se risquaient à
confier à l'air vif leurs verdures naissantes, es
Odette dut faire un voyage à Paris.

Durant le trajet, en compagnie de permis- si
sionnaires ou de convalescents, de vieux u
messieurs ou de dames en deuil, elle s'éton- 1c
nait de se trouver tellement attachée à un u
hôpital où elle était entrée presque à contre- n
cœur, attirée par quelque chose qui semblait s
ne pas lui appartenir en propre.

« La plupart des femmes que j'y ai vues, 9

songeait-elle, sont d'une mesquinerie bien désobligeante, et l'on dirait qu'elles s'évertuent à transformer l'action la plus innocente en délit honteux, par un besoin qu'elles ont de croire partout aux coupables, aux traîtres, et par un étrange penchant à imaginer en tous les recoins la présence du diable ! Et cependant leurs services sont excellents. » La malignité sournoise, les clabaudages aux conséquences désastreuses, la fabrication du scandale par les commentaires effrénés autour d'un petit fait, souvent incertain, et qui eût pu rester ignoré, la jalousie ouverte, une vanité ridicule, les manigances les plus insidieuses, afin de se faufiler jusqu'à la marque de distinction, un grand enfantillage en somme ; tout cela composait un ensemble de mœurs admises, reconnues, n'entachant en rien la respectabilité. Une seule chose entraînait la marque infamante : tout ce qui, de près ou de loin, pouvait ressembler à l'amour.

9

Que cela avait paru étonnant aux yeux
d'une Parisienne de vingt-sept ans, ayant
vécu dans le monde durant les années 1905
à 1914 !

Odette songeait à la société jeune, spor-
tive, épanouie, relativement indulgente et
heureuse qui avait, avant la guerre, environné son ménage...

Qu'étaient devenues Simone de Prans,
Rose Misson, Clotilde Avvogade, Germaine
Le Gault, et M. de la Villaumer ? Elle recevait de courtes nouvelles, des cartes postales
plutôt que des lettres. Odette, de son côté,
peut-être déconcertait-elle ses amies par les
récits qu'elle leur faisait ; peut-être les in-
commodait-elle aussi par la persistance de sa
douleur ? Simone et Rose avaient conservé
leur mari, l'un grièvement blessé, l'autre intact, roulant toujours ; Avvogade était affecté
au Grand Quartier Général. Comprend-on
jamais le malheur dont on ne souffre pas
soi-même ?

Odette eut une singulière impression en descendant à Paris. Lorsqu'elle était arrivée à Surville, à la fin de 1914, pour oublier la guerre et ne penser qu'à son cher mort, elle avait eu la surprise au contraire de se rapprocher de la guerre. Les convois de blessés, la vie parmi les blessés, la compagnie à peu près unique d'hommes échappés tout récemment à la mort, c'était bien différent de sa vie de recluse en son appartement de la rue de Balzac qui lui rappelait Jean, c'est vrai, mais qui lui rappelait aussi le temps de la paix. Oui, mais la monotonie des occupations, la reprise des mêmes émotions, émoussait à la longue la sensibilité. La guerre, telle qu'elle apparaissait dans un hôpital, après dix-huit mois, c'était un état auquel l'organisme et la pensée s'assouplissent. Et la durée de l'ennui quotidien et l'effort constamment renouvelé produisent un hébétement qui rend la perception des événements confuse.

Paris, en mars 1916, lui parut beaucoup
plus « guerre » que Surville. C'était le plein
de la bataille de Verdun, et tous les échos de
Verdun retentissaient à Paris dans quelque
lieu qu'on se trouvât. Les journaux, la rue,
les conversations, les tramways, le métro,
le chauffeur de taxi qui vous rend la mon-
naie, la vendeuse qui vous sert dans le magasin, les domestiques, les maîtres, les riches,
les pauvres, les employés des établissements
de banque, jusqu'à la marchande de violet-
tes, tout vous évoque la guerre et Verdun,
mais à la sourdine, moins par des cris que
par de modestes mots, moins par des mots
que par une flétrissure du teint, un grison-
nement des cheveux ou de la barbe, des yeux
jaunis, une ride nouvelle et un certain air
que l'on ne saurait définir. Toute la terre,
tous les objets qu'elle porte, tous les êtres
qui s'y remuent ne forment qu'une seule sensibilité et qui est à vif. Les faits ou gestes les
plus opposés à la guerre en apparence, les

réceptions, les dîners, la ruée aux bouches
des cinémas, aux concerts classiques, voire
à ce qu'il reste de music-halls, ne présente
que la nécessité pour certains tempéraments
de s'arracher au cauchemar de Verdun. Tous,
en quelque endroit, sont atteints et le sont
d'autant plus qu'ils doivent se dire : « Il y
a infiniment plus malheureux que nous. »

Cependant, Odette, dans son appartement,
fut entièrement réaccaparée par sa douleur
personnelle. Elle avait vécu à Surville avec
ce deuil refoulé au fond d'elle-même ; mais,
bien qu'elle pensât à Jean, à propos de tout
ce qu'elle voyait, le loisir lui manquait de
s'abandonner à la méditation sur le passé.
Rue de Balzac, toute sa douleur se représenta
intacte, comme au premier jour. Il semblait
que le séjour à Surville n'eût servi de rien.
Quand Simone de Prans vint l'embrasser,
Odette crut revoir son amie montant lui annoncer la nouvelle fameuse, et elle fondit en
larmes. Ces larmes surprirent Simone qui

n'osa-pas faire observer que c'était de l'exa-
gération, mais s'arrangea cependant pour lui
donner à entendre qu'un chagrin si prolongé
et si violent n'était pas de mise, enfin que l'on
ne pleurait plus comme cela. Odette devenue
docile par dix-huit mois de service ponctuel-
lement soumis aux règlements et aux ordres,
n'objecta rien, ne regimba pas. « On ne pleurait plus comme cela », c'était un usage, un
de ces souverains usages qu'une femme de
Paris admet d'inctinct. Simone avait dit :
« Tu comprends, il y en a trop ! » Cela signifiait : les malheurs sont trop nombreux; il
en pleut partout, chez tout le monde. Le
cœur humain ne suffirait pas s'il devait constamment compatir ; chaque personne en-
deuillée mourrait elle-même en créant un
deuil nouveau, superflu. Elle parlait de son
Pierrot — une jambe paralysée, un bras raccourci de cinq centimètres et les nerfs rom-
pus — avec la plus grande aisance. Il était
au Ministère de la guerre, satisfait. Elle ra-

conta une cérémonie dont elle avait été témoin le matin même, par hasard, en passant
devant la Madeleine, au retour du marché
aux fleurs. « Un beau mariage, tu sais ; le
tapis rouge sur les marches ; une foule à
droite et à gauche. Juste comme je passais,
les portes venaient de s'ouvrir et, là-haut,
j'ai vu le jeune couple...

— On trouve donc des hommes encore ?

— Ecoute : elle, qui paraissait jolie ; une
belle fille brune, élancée, penchée amoureu-
sement au bras de son mari en uniforme, les
décorations brillant sur la poitrine. Oh ! le
beau garçon ! pas trente ans... Il se tenait
droit, splendide, sans regarder à ses pieds ;
deux grands yeux ouverts et fixes, comme
s'il parlait à un supérieur. C'est elle qui avait
l'air de lui indiquer les marches par une
douce pression de bras, afin qu'il ne perdît
pas un pouce de sa belle taille. On entendait
derrière eux les derniers souffles du grand
orgue. On aurait applaudi ; c'était évidem-

ment un héros, et il était entier et superbe.
On était heureux du bonheur de sa charmante femme, tout en la plaignant un peu
et l'admirant, d'ailleurs, car ce bel officier,
demain, allait retourner au feu, et la guerre
est sans fin. Tout à coup, un mouvement
dans la foule, des murmures, des chuchotements et des figures qui verdissent : le bel
officier avait failli tomber, ma chère, malgré les soins de sa jeune femme à dissimuler
son infirmité. Il était aveugle !... »

— C'est affreux... affreux ! » dit Odette.

Elle avait vu et soigné des soldats qui
étaient affligés de blessures fort graves ;
mais il s'était établi dans son esprit, incons-
ciemment, une sorte de convention d'après
laquelle tout ce qui se voyait ou se produisait
à l'hôpital de Surville ne devait pas l'émou-
voir. Le premier malheur de guerre qui lui
était présenté ailleurs qu'à Surville et sous
un autre aspect, lui produisait un effet presque intolérable. Simone par contre, était

faite au dramatique qui s'offre parfois à
Paris où tout est peut-être plus triste parce
que le dramatique particulier à la guerre
y côtoie ou y singe la vie normale. Cette jux-
taposition des mœurs du temps de la paix et
de ces ombres que l'Enfer nous envoie et qui
se mêlent à notre vie plus semblable à un
rêve prolongé qu'à la réalité, produit d'étonnants mouvements dans les âmes réfléchies.

Simone de Prans, qui avait pris du service, un moment, dans un hôpital modèle,
un hôpital américain, n'était plus infirmière.
Cela ne se faisait plus.

— Et notre bonne Rose? demanda Odette.

— Rose Misson a arrangé sa vie. Elle a
résolu de ne pas « s'en faire » ; on l'a trop
embêtée à cause de son vieux mari toujours
roulant sur son automobile. Ni Rose ni son
mari ne sont troublés; lui reste sur son siège;
elle, s'habille, va dans les magasins comme
autrefois et voit les quelques amies qui ne
s'indignent pas que son mari n'ait pas en-

core perdu deux ou trois membres. Entre
nous, je crois que c'est une femme qui fait
beaucoup de bien.

— Seulement, elle ne le crie pas sur les
toits ?

— Non. Aussi, on les taquinera toute leur
vie, son mari et elle, lui, libre de toute obli-
gation militaire, pour s'être « embusqué »
dans l'automobile, elle, pour avoir conservé
son air placide, sa bonne humeur...

— Je croyais que l'optimisme était à la
mode.

— L'optimisme, oui ; mais non le naturel. L'optimisme approuvé consiste à prédire
inlassablement la victoire en contractant une
mâchoire de tigresse et à transposer rageuse-
ment chaque nouvelle désagréable en pré-
lude de succès. Mais celles qui gardent leur
belle confiance sans le dire et adoucissent la
vie autour d'elles par leur humeur ordinaire sont suspectes d'indifférence.

— Et toi, dans tout cela, Simone ?

— Moi, j'ai mon mari très fortement
amoché, n'est-ce pas ? C'est une force par le
temps qui court. On me laisse tranquille.

— Et Germaine ? demanda Odette.

Simone eut un petit air embarrassé. On
osait à peine parler de Germaine Le Gault.
Germaine Le Gault avait perdu son mari
presque en même temps qu'Odette, presque
dans les mêmes conditions. Germaine adorait son mari, comme Odette. Germaine avait
eu un chagrin pire que celui d'Odette, et sa
vie même s'en était trouvée en danger. Germaine portait encore, comme Odette, son
grand deuil de veuve... Et Germaine était, à
présent, amoureuse, mais amoureuse à ne
pas le cacher, mais éperdûment amoureuse
d'un médecin-major dans le service de qui
elle avait travaillé. Il était marié, père de
famille.

— La Villaumer prétend, dit Simone, que
c'est seulement chez elle manque d'imagination et qu'il ne faut pas lui en vouloir. Il

dit, comprends-tu ? qu'elle ne peut se représenter, comme tu le fais, toi, par exemple,
le fantôme de son mari. S'il lui eût été possible de voir seulement une image persis-
tante, elle eût été fidèle, ne fût-ce qu'à une
image ; mais elle n'a pas d'imagination : il
faut que son esprit repose sur un objet. C'est
une explication, un paradoxe probablement...

A ce moment on entendit dans l'appartement voisin une femme, pianiste excellente,
qui avait autrefois bercé les rêveries d'Odette
quand elle attendait son Jean. L'appartement
voisin, sur lequel celui des Jacquelin avait
empiété, n'était séparé de ce dernier que par
une mince cloison et une porte. Cette musicienne impatientait souvent le pauvre Jean,
mais Odette, lorsqu'elle se trouvait seule,
aimait à l'entendre.

— Ecoute ! dit Odette. Oh ! voilà plus de
dix-huit mois que je n'ai entendu de la musique...

— C'est bien ça, dit Simone, à Paris, on retrouve un peu de tout ce qu'on aimait autrefois : et c'est cela qui fait mal...

— Qu'est-ce qu'elle joue ? demanda Simone.

— Çà, c'est la valse en *la* mineur de Chopin.

Une songerie : des amants qui se cherchent en tâtonnant, par une belle soirée d'été, dans un jardin, sous la nuit ; on entend leurs pas hésitants, on soupçonne leurs gestes contrariés et fiévreux, leurs bouches avides qui s'appellent sans prononcer, par prudence, aucun nom, cependant que leur pas fait crier le gravier des allées et qu'un jet d'eau égoutte ses perles lentes dans le bassin... Et, tout à coup, un mouvement de valse les attire chacun séparément vers la maison éclairée ; et ils échangent leur baiser sur les marches du perron, en allant se fondre dans le tourbillon enivrant...

— Oh ! dit Odette, toute frémissante, te souviens-tu ? te souviens-tu ?

— De quoi ? demanda Simone.

— Mais de tout ! de tout ce qui était *avant*, avant cette fin du monde qui n'en finit pas ?

Ce rappel harmonieux d'un mouvement de valse, de la fête possible, du bonheur de vivre, d'être jolie, jeune, aimée, bouleversait l'âme d'Odette qui ne savait que répéter : « Je n'ai jamais entendu... rien... depuis plus de dix-huit mois, Simone !... Te souviens-tu de cette soirée chez Mme Sormellier, à Bellevue, où nos maris à toutes les deux, étaient si beaux ?

— Et nous donc, Odette !... Nous serons vieilles après la guerre. Nous aurons eu à peine cinq ou six ans de jeunesse... Quelquefois je t'avouerai que je triche avec le sort : je vais chez Clotilde qui ne veut pas se laisser entamer par les événements. Elle dit : « Je n'y peux rien ; je ne suis bonne à rien. Que le monde m'abandonne comme moi-

même je le lâche ! Jusqu'à ma dernière heure
je veux rester avec mes fleurs, mes livres et
ma musique. »

— Ah ! cette Clotilde, oui, ma foi, je
l'avais oubliée...

— Tout le monde l'oublie ; elle oublie
bien tout le monde ! Son mari est au Grand
Quartier ; il vient souvent. Elle est privilé-
giée, et elle dit : « Pourquoi n'accepterais-je
pas la faveur qui m'est faite ? »

— Oui, dit Odette, c'est tentant ; mais je
ne pourrais pas... Non je ne pourrais pas.
Vois : j'ai voulu m'enfermer avec mon chagrin. Eh bien ! je n'ai pas pu. C'est trop
grand, trop obsédant, vois-tu, ce malheur
de tous... Ecoute !. ..

La pianiste voisine, toujours attachée à
son Chopin, qu'elle exécutait d'une manière
remarquable, entamait le premier Nocturne.
C'est celui qui contient cette phrase de lamentation déchirante en son sobre dessin et
sa ligne contenue, phrase dépourvue de cris

et d'éclats et qui laisse dans l'âme l'émotion
prolongée des doléances humaines.

— Oh ! écoute !... écoute !...

La pianiste s'accompagnait en abandon-
nant sa voix grave, bien timbrée, sans paroles, selon le cours sinueux de cette désolation trois fois répétée. Odette, dont les nerfs
étaient surexcités par une apparence de
retour aux choses d'autrefois, sans que la
conscience du présent odieux lui fit grâce,
se mit à sangloter.

— Il faut que je quitte cet appartement,
pourtant ! dit-elle, entre des hoquets.

— Oui, il le faut, dit Simone, tu t'y abî-
merais dans ton chagrin.

— D'ailleurs, il faut tout quitter.

— Tout ?... Quoi encore, mon Dieu ?

— Soi-même !... Va, je ne me fais plus
d'illusions.

— Il y a à peine quatre jours que tu es
échappée de ton hôpital, et tu t'écroules déjà,
ma pauvre Odette ! Nous ne sommes soute-

nues que par la présence de ceux qui ont souffert mille fois plus que nous. Tu ne t'imagines pas ce qu'est pour moi mon Pierrot qui a échappé miraculeusement à la mort et qui a le corps à moitié démoli. C'est lui qui me sauve de la tristesse. Ceux qui ont vu la mort et qui retrouvent la vie la trouvent belle, quelle qu'elle soit, et ils communiquent leur émerveillement autour d'eux.

— Oui, oui. J'ai éprouvé cela. Si j'avais mon pauvre Jean, même en morceaux, je ne penserais qu'à la joie de l'avoir conservé. Mais je ne l'ai plus, et c'est le passé qui m'attire, par moments, comme quelqu'un de beaucoup plus fort que moi, qui me prendrait aux deux bras et m'entraînerait en arrière avec une ténacité et avec des mots d'une puissance irrésistible... Te souviens-tu d'Isadora dansant avec ses enfants, en jetant des fleurs, sur un motif du ballet d'*Armide* ?... Et ce grand fou d'Antoine Laloire, derrière nous, qui s'écriait : « Quand on a vu

cela, il faut dire merci au Bon Dieu et fermer l'œil à jamais ! » Il ne croyait pas si
bien parler. Il a eu une mort magnifique,
paraît-il ?

— Oui. C'est la beauté de ces guerriers
qui doit désormais ramasser toute notre
admiration. Les formes harmonieuses, les
enchantements : finis ! ma pauvre enfant,
finis !...

— Finis !... On dit cela. Je l'ai cru moi
aussi, quand je voyais arriver par centaines
ces hommes réduits à l'état de bouillie san-
glante ; je le crois dès que je pense à cette
longue ligne de dévastation qui couvre l'Europe, à ces quantités d'êtres qui, tous les
jours, meurent engloutis autour de leur vais-
seau torpillé ; mais, vois : dès que l'art de
nos jours anciens peut se réaliser quelque
part, derrière une cloison, il apparaît comme
un soleil caché depuis deux ans. Il reparaî-
tra, Simone ! S'il reste seulement quelques
individus vivants, pour écouter un son, il se

retrouvera un berger pour réinventer la flûte en assemblant des roseaux.

— Tu dis cela parce que l'art dont tu parles augmente encore ta tristesse... C'est ta tristesse que tu cultives et que tu aimes désormais. Si tu étais, comme moi, moins mélancolique, tu prendrais ton parti de la nouvelle vie, telle qu'elle s'offre, mais tu verrais cette vie irrémédiablement entachée, empoisonnée par une trop grande abomination. La vie, c'est une Lady Macbeth, désormais ; elle a les mains rouges et dégouttantes ; elle marque d'un sceau gluant tout ce qu'elle touche. Quel art charmant pourra fleurir sinon par le moyen des hommes qui ne sont pas nés encore et qui ne viendront au monde que lorsqu'on aura cessé d'y parler de cette horreur ?

— Rappelle-toi ce que disaient ceux de nos pauvres amis lorsqu'ils discouraient si bien dans nos réunions d'autrefois : les fleurs qui poussent sur les tombes sont aussi fraî-

chés et les moissons qui lèvent sur les
champs de bataille sont plus abondantes et
plus belles que sur les terrains étrangers à la
mort et au crime ; elles sont innocentes,
divinement ignorantes de tout ce qui s'est
passé. L'âme des artistes est comme ces
fleurs, et elle nettoiera les imaginations
salies...

— Conclusion : toi comme moi, ma chérie, nous avons, encore et malgré tout, une
bonne dose d'optimisme, autrement dit, une
réserve sur laquelle nous pourrons puiser un
certain temps ; un long temps, espérons-le !
Et, sous la détresse de la plupart des gens on
trouve cela. Ah ! que la vie est forte !

XI

Odette commença une tournée de visites.

C'étaient, pour la plupart des visites de deuil. Elle alla d'abord chez Mme de Blauve qui venait de perdre son jeune fils, ce charmant garçon de dix-sept ans qu'Odette avait vu passer, le temps d'une seconde, avenue d'Iéna, quand il allait au bureau de recrutement, s'engager pour remplacer son père tué au second mois de la guerre. Mme de Blauve avait quitté Reims où, dans ce temps-là, elle était infirmière sous les bombardements incessants ; elle était revenue près de ses fillettes qui, à présent, devenaient jeunes filles. Pas plus que la première fois, Odette ne trouva l'affaissement ni même un état morose dans cette maison. Le père, le commandant de Blauve, homme adoré de tous, était tué ; le fils aîné, à dix-neuf ans, était tué.

« Heureusement, disait Mme de Blauve, qu'il m'en reste un... »

— Quel âge a-t-il ? demanda avec anxiété Odette.

— Il s'engage, dit simplement Mme de Blauve. Grâce à lui, j'espère que jusqu'à la fin, notre nom sera représenté...

On savait que ce dernier fils était son benjamin, qu'elle l'avait choyé entre tous ses enfants. Ce qui la tourmentait pour le moment, c'était ses filles : elle eût voulu les marier tout de suite.

— Les marier ! s'écria Odette ; mais avec qui, en un pareil moment ?

— Avec de bons petits soldats, afin qu'elles aient vite des enfants.

Nul attendrissement, dans une famille réellement tendre ; une seule idée : pourvoir, de quelque manière que ce soit, à la défense.

Odette ne pouvait se retenir d'admirer, et en même temps elle tremblait.

— Où en est votre deuil ? demanda un peu durement Mme de Blauve.

— Comment ? dit Odette.

— Je veux dire : depuis combien de temps avez-vous perdu votre cher mari ?

— Voilà dix-huit mois, dit Odette.

— Vous êtes jeune, dit Mme de Blauve ; mon enfant, vous aurez encore des devoirs à remplir...

— Mais, dit Odette sans comprendre, je fais ce que je peux !

— Oh ! nous reparlerons de cela, dans quelques mois, dit Mme de Blauve. Je ne vous perdrai pas de vue. Je vous compte parmi les *bonnes*.

Elle appuya sur le mot « bonnes » en faisant adieu à Odette.

Odette ne saisit pas du tout ce que Mme de Blauve avait voulu dire. La trouvait-elle « bonne » parce qu'elle avait fait consciencieusement et pendant longtemps le métier d'infirmière, et voulait-elle l'envoyer dans un poste difficile, exigeant de la constance, du courage ? Elle était volontiers prête à tout. Une seule chose l'affectait, c'était que le souvenir de Jean parût rélégué si loin, semblât tenir si peu de place chez les personnes qu'elle allait voir, étant en grand deuil encore et ne s'étant séparée d'elles pendant dix-sept mois que pour pleurer Jean.

Pourquoi de l'Avenue d'Iéna, Odette se dirigea-t-elle chez Clotilde ? Ce ne fut aucunement par un besoin ni par un goût de contraste ; mais parce qu'elle passa sur la place des Etats-Unis qui la tentait avec ses arbres garnis d'une fraîche verdure.

Elle trouva Clotilde comme elle l'avait vue toujours, étendue sur un lit de repos ancien, parmi vingt coussins, une dizaine de livres, de revues, dans une pièce élégante, où une botte d'œillets impudents de splendeur, dans un vase, et des jacinthes en pots, figuraient avec la jeune femme le plus savoureux décor de printemps.

— Ah ! fit Odette en entrant, sans se rendre compte de ce que son exclamation signifiait.

Clotilde, son long corps vêtu d'une tunique de Babani, et parfumée, l'embrassa avec bonheur.

— Tu n'as pas trop perdu, Odette... Ce sont tes joues, dis-moi ? pas plus de rouge qu'autrefois ?... Oh ! c'est que je pense souvent à ton chagrin, vois-tu !

C'était la première personne, après La Villaumer, qui lui parlât de son chagrin. Quoi ! il existait encore quelqu'un à se souvenir de ce qui avait été son bonheur, son extraordinaire bonheur !

— Je ne t'écrivais pas, Odette, parce que je suis trop paresseuse, et puis parce que j'ai besoin de me figurer le visage de la personne à qui j'écris. Là-bas, sous ta coiffe, je ne savais plus... Tu es jolie. Je t'aime toujours. Oh ! je te plains tant !...

Odette, surprise, décontenancée, influen-

cée aussi par la vie qu'elle avait menée, parla
comme tout le monde :

— Nous sommes si nombreuses à mériter
qu'on nous plaigne.

— Non ! Odette, non ; ne dis pas cela.
Sans doute il y a beaucoup de veuves et
beaucoup de jeunes femmes dont le mari ou
l'amant sont estropiés, défigurés, détruits.
Mais il n'y en a pas beaucoup qui aient vraiment; avant tout ça, goûté la vie et connu
l'amour. Toi, tu l'as connu, l'amour ; toi, tu
as eu quelques années qui valent qu'on les
regrette...

Les larmes montèrent aux paupières
d'Odette ; mais c'étaient des larmes qui ne
lui faisaient pas de mal, qui lui procuraient
un soulagement plutôt. Il lui semblait qu'elle
attendait depuis longtemps de pouvoir les
répandre. Elle avait entendu sans cesse des
paroles conventionnelles et forcées, provenant d'une situation tendue et qu'il n'y avait
certes pas à critiquer ; mais, des paroles sim-

plement humaines, sauf de la part de ses
soldats blessés, elle n'en avait pas entendu.

Clotilde ne craignit pas de lui parler avec
insistance de Jean, non parce qu'elle sentait
qu'elle faisait au fond plaisir à son amie,
mais parce que sa pensée, à elle, allait natu-
rellement aux images qui la séduisaient, et
elle se souvenait volontiers de ce beau couple
d'amants parfaits que formaient Jean et
Odette. N'ayant pas non plus réfréné son instinct, celui-ci, demeuré intact, lui indiquait
qu'Odette se délectait, malgré ses larmes, au
remuement de ces images. Ce n'était pas
Jean le soldat, Jean le héros, que chantait
Clotilde. Des héros, Odette en avait tant entendu louer ! Elle en avait tant palpé de ses
mains ! Il n'y avait eu qu'un seul Jean.
C'était Jean, Jean tout court ; un bon, brave
et beau garçon qui n'avait rien de militaire,
rien d'étonnant dans sa personne, sinon qu'il
était aimé. Qui donc lui avait osé parler de
ce Jean-là depuis la guerre ? Personne. Clo-

tilde, en son inconscience de femme restée
ce qu'elle était *avant*, le faisait. Et Odette qui
avait eu quelque appréhension à revoir Clotilde, justement sous le prétexte que Clotilde n'avait vraiment pas assez changé !...

L'entretien fut doux, délicieux même. Clotilde semblait presque ignorer la guerre ; peu
s'en fallait qu'elle ne la fît oublier. Elle parla
aussi des livres qu'elle lisait, des livres anté-
rieurs au temps présent, et elle parla de ses
toilettes tout en riant sous prétexte que les
ressources du ménage étaient amoindries ;
elle parla de certains hommes entre deux
âges et même vieux qu'on n'appréciait pas
assez, disait-elle, du temps qu'il y avait
abondance de jeunes. Elle tendit une ciga-
rette à son amie ; elle fuma, et, sous les volu-
tes des longs nuages légers, ces deux femmes
se regardaient comme en un songe.

Odette sortit un peu ébaubie de l'invraisemblable tour d'ivoire que Clotilde avait
réussi à élever autour de sa jeunesse, de sa
beauté et de son égoïsme.

« Clotilde est-elle égoïste ? se demandait Odette, en tournant autour du square des États-Unis. Et la façon dont elle s'est enquise de mon Jean ! Clotilde est comme tout le monde : elle s'intéresse à une certaine chose ; elle a une passion. Elle, elle a conservé par miracle celle qu'elle avait avant la guerre : c'était l'amour. Tout ce qui lui représente l'amour la captive et elle s'y donne, on le sent. Les autres se livrent à une passion différente qui, par le fait de notre temps, revêt une forme plus généralement sympathique : Mme de Blauvë jette avec une fureur sacrée toute sa famille dans la gueule du Moloch ; Mme de Calouas, à Surville, n'avait que la passion du blessé, et exclusivement du blessé militaire : je l'ai vue tout à fait insensible à un accident dont était atteint un civil ; la plupart de ces dames, à l'hôpital, avaient la passion de leur rôle, se croyaient déchues quand elles n'avaient pas le nombre de lits nécessaire à leur amour-propre, se lamen-

taient comme d'un malheur public quand les
blessés venaient par hasard à se raréfier... Il
y a même des gens qui ont la passion de
n'avoir pas de passion ; et ce sont les passionnés les plus redoutables... Pourquoi Clotilde se priverait-elle de son bouquet d'œillets, de son pot de jacinthes et de ses ciga-
rettes parfumées qui servent à créer autour
d'elle l'illusion dont elle vit et dont elle fait
bénéficier, à l'occasion, une heure durant,
ses amis fatigués ? Cependant, pourrais-je
faire comme elle ? Non ; décidément non.
N'aimais-je donc pas l'amour comme elle ?
Je n'en sais rien. J'aimais Jean. Je suis aussi
moins simple qu'elle : tout me touche. Et
tout est ébranlé. Je ne me flatte pas de constater que je suis sensible à plus d'une chose !
Je voudrais ne l'être qu'à une : à mon chagrin. Je crois ne l'être qu'à mon chagrin, et
je crois, par moments, que je me trompe... »

Elle éprouvait ce jour-là, une écrasante
lassitude. Clotilde lui avait fait respirer des

odeurs légères ». Comme elle se demandait
où achever sa journée, elle se souvint qu'on
lui avait dit que Mme Leconque était une
autre Clotilde, c'est-à-dire une fée propre à
chasser l'humeur de guerre, bien qu'elle
appartînt à un monde qui tenait à grand
honneur de donner en ce moment sa fortune
et son sang, sans compter. « Je ne peux me
dispenser de la voir, se dit Odette, et j'aime
encore mieux une nouvelle Clotilde aujour-
d'hui, qu'une seconde Mme de Blauve qui
me donne la chair de poule... » Elle monta
dans un taxi qui la conduisit à l'extrémité de
l'avenue du Bois.

Mme Leconque était seule chez elle. Elle
gisait dans une pièce illuminée par un feu
de bois de taille à chauffer une salle d'Hôtel
de Ville ; elle était emmitouflée sous une sou-
ple couverture d'hermine, et entourée d'objets d'art, de bibelots anciens, de Watteaux,
de Fragonards, proche d'un lit majestueux,
surélevé, royal, recouvert en point de Venise ;

et elle tricotait avec âpreté, tout en bâillant,
de petites chaussettes de laine rude destinées
aux enfants réfugiés.

— En avez-vous assez, vous, au moins, de
cette boucherie ?

Odette, sous son deuil, affirma qu'elle n'y
prenait, quant à elle, aucun agrément.

— Enfin ! dit Mme Leconque, est-ce une
vie que l'on nous fait mener ?

Odette leva les yeux sur le feu de bois,
pièce d'artifice, sur les parois de cette chambre, admirable musée, sur cette soyeuse toi-
son qui embrassait le corps de la femme gé-
missante.

— On vient de me téléphoner, dit Mme
Leconque, que nous avons évacué Malancourt... Regardez mes bas. Est-ce que ce sont
des bas ? Je n'ai jamais payé les miens, je
l'avoue, soixante-quinze francs la paire. Je
les faisais venir de Londres, à trente-cinq
francs. Je porte des bas, aujourd'hui, à
3 fr. 95 !...

— Et pourquoi ? dit Odette.

— Vous me mépriseriez si je mettais davantage à une paire de bas, en ce moment-ci. Vous êtes en deuil, ma pauvre amie : vous ne vous occupez pas de ces questions. Savez-vous où nous nous faisons habiller toutes ? Rue d'Alésia, ma petite, à Montrouge, dans un magasin où l'on vend au rez-de-chaussée du ruban à huit sous le mètre, et où l'on trouve, au premier, les modèles de tous les grands couturiers de Paris, au tiers du prix normal. Vous pouvez vous y rendre par curiosité ; je vous y conduirai si vous le désirez. Vous verrez dix autos à la porte, devant des boutiques de ferblantiers, de bougnats, de peintres en bâtiment et de marchands de vin ! Et savez-vous où nous essayons ? Partout. N'importe où. Dans l'escalier, dans les corridors, dans le magasin même, trois femmes ensemble, sans compter les vieux maris ou les permissionnaires, dans un petit salon orné de deux glaces vis-

11

à-vis ! Une promiscuité complète, une cohue
comme à la foire de Neuilly jadis ; des vitres
brisées, un chauffage nul et des courants
d'air qui vous percent les poumons ! Ma
chère, j'y ai pour 175 francs une robe de
charmeuse qui vaut sept cent cinquante chez
Lanvin ! La duchesse de Chateaurugue va
là ; la femme de l'ambassadeur de X... va là.
Avez-vous idée de pareille chose ? Ah ! on
aura vu du pittoresque pendant la guerre !
Est-ce que vous croyez que la vie puisse continuer ainsi ?

— Je ne le crois pas, en effet, dit Odette.

— Je sens que vous ne nous plaignez
pas... Et bien ! moi, je vous dis que j'en ai
assez de cette guerre, et qu'elle me barbe,
entendez-vous ? elle me barbe ! Zut ! zut et
zut !...

Odette s'en revint chez elle par les rues
sombres en songeant à Mme de Blauve, terrible. Elle avait beaucoup d'indulgence pour
Mme de Blauve, terrible.

XII

Odette avait acheté un journal : en effet, les Allemands, dans la nuit, avaient lancé une série d'attaques en masse, débouchant de trois côtés à la fois, sur Malancourt... Nos troupes avaient évacué le village ruiné, « tout en conservant ses issues ».

Elle essaya encore une fois de se réfugier dans ses souvenirs amoureux. Mais les portraits de Jean, qu'elle voyait, ne lui parlaient pas d'amour, ce soir. Elle eut l'impression que Jean, fût-il là, ne lui parlerait pas d'amour, ce soir, et aurait le geste de l'homme excédé à qui l'amante répète : « Donne-moi ta bouche ! » Elle vit nettement ce geste qu'elle avait pourtant peu connu. Elle crut entendre Jean : « Ma petite chérie, je suis préoccupé... Ce n'est pas la confiance qui me manque ; mais ils avancent pas à pas... C'est agaçant, agaçant... Tu vas me trouver cruel, mais je suis content de retourner là-bas ; j'aime mieux y être, vois-tu ? » En permission, il repartirait ! Quelles tortures ! Et elle se disait : « S'il n'avait pas été tué dès le second mois, il aurait été tué depuis : vingt mois, sans trève sous les obus!...»

Les jours passèrent. La ruée allemande sur Verdun était telle qu'elle produisait dans l'immense public, en France, un silence. Nul bruit, nulle exclamation, rien d'extravagant dans Paris ; un calme imposant ; une foule tranquille sur les boulevards ; une tenue parfaite même le dimanche ; presque de la gaîté autour de permissionnaires environnés de jeunes femmes en jupes courtes, en bonnet annamite ou en toques empruntées au Palais, et marchant avec peine sur des talons démesurés. De quatre à sept, chacun avait son journal. Ces feuilles étaient répandues dans la ville non comme au temps des affaires célèbres, par exemple, avec des hurlements, comme si l'Europe eût été à feu et à sang ; mais, à présent que l'Europe était bien réellement à feu et à sang, avec moins de nervosité qu'à la suite d'une course d'Auteuil. Chez presque tous, la magnificence de la lutte française et le respect qu'elle suscitait dans l'univers, surpassaient l'appréhension, étouffaient le sentiment des deuils multipliés, et dominaient le cratère de trente-cinq kilomètres en éruption aux rives de la Meuse et dont la lave s'étalait.

Odette eut l'occasion de dîner avec des officiers qui *en* revenaient, qui *y* retournaient. Et ces hommes parlaient comme tout le monde, de futilités, par complaisance, par plaisir, ou par retour bienveillant à des convenances d'antan. Et, entre deux plaisanteries, ils racontaient un épisode tel qu'aucun des livres des temps fabuleux n'en contient. Beaucoup d'entre eux étaient des hommes qui dansaient le tango deux ans auparavant et que les vieilles vertus radoteuses stigmati-

saient alors comme objets d'opprobre. Odette
retrouva ainsi un garçon, âgé de vingt-quatre
ans, capitaine, officier de la Légion d'honneur, plusieurs doigts de moins, la poitrine et
la cuisse perforées. Il avait la même simplicité, la même grâce enfantine qu'au Casino de
Surville, jadis, et il avait participé à des actions infiniment plus grandes que les héros
d'Homère ou que ceux des guerres d'Alexan-
dre ou de César.

Il baisait une main de femme tendue ; il
redescendait le soir même dans la gueule du
volcan. Et la même semaine, on apprenait
qu'après avoir été enseveli vivant trois fois
sous le sol retourné, son jeune corps avait
été volatilisé à la Cote 304.

XIII

Le lendemain, ayant reçu la visite de son ami, La Villaumer, elle discuta avec lui d'un sujet qui la tourmentait.

— La personnalité du soldat n'est pas anéantie, dit La Villaumer. Ou bien il pense s'en tirer, et il se croit précisément un privilégié parmi les misérables, ou bien il se dit : « Je mourrai, mais en accomplissant quelque chose de propre... » et c'est l'exaltation même de sa personnalité. Si celle-ci a disparu ou s'est atténuée, c'est qu'à force de souffrir et d'espérer en vain un terme à son martyre, la boue, le froid, le miaulement incessant de la mort et les maux sans nombre ont extirpé de lui tout ce qui pense et sent. Encore serait-il exagéré de dire qu'il va à la mort délibérément. Jamais être vivant n'a manqué de faire

à la mort l'honneur d'une attention particulière.

— Croyez-vous, demanda Odette, que notre personnalité puisse se perdre instantané-
ment ou bien qu'elle se modifie de jour en
jour, sans qu'on y prenne garde ? C'est que,
dans ce dernier cas, on ne sait pas jusqu'où
peut aller la métamorphose ! Je vois beaucoup
de gens changés, depuis dix-huit mois : ils
n'ont pas l'air de s'en apercevoir. Moi, je
sens bien que je suis différente. Il n'y a
qu'une partie de moi que je retrouve intacte,
c'est celle qui m'attache au souvenir de mon
pauvre mari ; là, rien de modifié, même dans
la plus petite mesure ; rien : quand j'ai le
loisir de penser bien à lui, je redeviens exactement la femme d'autrefois...

— Oui, mais avec la douleur en plus !

— C'est vrai.

— C'est elle qui nous modifie. Elle nous
élargit quand elle trouve en nous un cœur, et
elle n'existe, d'ailleurs, qu'autant qu'elle l'a

trouvé... Elle contient une foule de possibi-
lités. Votre douleur a commencé par embrasser votre malheur à vous, lui seul ; et elle
l'étreint encore, c'est bien naturel ; mais elle
a fait subrepticement un pas hors de là pour
embrasser le malheur d'autrui, trahison à
quoi vous ne vous étiez jamais attendue. Et
cela fait de vous une autre personne...

— Tout le monde va se trouver comme
moi, quelques tons au-dessus ou au-dessous
de ce qu'il était ; c'est comme si on transpo-
sait un clavier tout entier ?

— Je n'en crois rien, dit La Villaumer. La
nature change peu. Les vives sensibilités
seules sont modifiées ; et elles sont rares. Ce
sont elles qui, plus tard, beaucoup plus tard,
finissent par agir et convertir autour d'elles,
à la longue. Les caractères resteront les
mêmes, allez ! Cependant cette guerre aura
été si forte que ceux du moins qui l'auront
faite en garderont comme un levain amer
qui fera germer des choses neuves. Il faut

nous attendre à de la nouveauté. Mais il ne faut pas compter que le genre humain soit troublé. Les historiens, les sociologues auront à faire ; les philosophes, les moralistes, les écrivains en général peuvent continuer leur train. Le mot « démocratie », par exemple, va couvrir beaucoup de papier...

— Et, est-ce que vous croyez à cette chose-là, vous ?

— Je crois à ce mot comme je crois à tous les mots. On a bien tort de dédaigner le verbalisme, la rhétorique, l'éloquence à l'ancienne manière. La plupart des mots sont creux, oui, comme les cloches dont la seule sonorité peut mettre en mouvement tout le monde. Ceux qui usent des mots sont animés par autre chose, et, la plupart du temps, par des sentiments inavouables, mais c'est le mot qui touche la plus belle partie de l'âme des hommes qu'il s'agit de gagner. « Démocratie » est d'un timbre...

— Qui produira du bien ou du mal ?

— Hélas ! l'instinct des peuples et une nécessité fatale les portent, en dépit des paroles, à s'asservir, et ils seront de leur plein gré soumis à des chefs ou à des groupes tyranniques nouveaux, représentants d'intérêts différents auxquels les foules ne seront pas initiées. Presque tout mon pessimisme est fondé sur le caractère inéluctable de cette loi : il faut que les hommes soient commandés ; et on ne fera pas que ceux qui les commandent n'abusent pas de leur autorité ou du crédit qui leur sera librement consenti. Du moins, le programme officiel de la démocratie sera-t-il de consacrer tous ses soins au bien-être de cette pauvre créature qui n'a pas cinquante années, en moyenne, à passer en ce monde, qui ne croit plus guère en un autre, et qui, en vérité, a quelque légitime aspiration à vivre si peu de temps pour son propre compte, et le moins péniblement possible...

— Les pauvres hommes !

— Oui : « Les pauvres hommes ! » c'est

l'expression de l'immense pitié qui jaillira
de toutes les poitrines, dans l'univers entier.
La destinée aura beaucoup exigé du troupeau
humain. Il a souffert de tout temps, sans
doute; mais, d'une manière si longuement et
si savamment cruelle, non. En tout cas, il n'a
jamais souffert en si grand nombre; il n'a
jamais eu pareillement conscience qu'il souffrait... Et puis il souffrait autrefois sans être
informé doctement que le monde avait fini
de souffrir. Ceux qui souffrent à présent se
croyaient au sommet d'une période de progrès dans tous les ordres. Jamais l'homme
n'aura cru plus fermement toucher la Terre
promise qu'à l'instant même où il a trébuché
dans les abîmes infernaux. Quelle aggrava-
tion pour son supplice ! Les hommes auront
été sacrifiés à des buts lointains qui, trop
souvent, leur auront échappé ; ils auront été
obligés, pour se maintenir à l'état d'êtres
vivants, de s'oblitérer l'intelligence et de
devenir durant des années — c'est eux qui le

disent — des sortes de brutes. Ceux qui auront survécu ne chercheront pas, ou ne seront pas en état de comprendre les subtilités ; ils n'auront qu'un cri : « Et moi ? à présent, moi ! moi ! »

— Un réveil de la personnalité, alors ?

— Oui, mais d'une personnalité farouche et que tout ce qu'il y aura de si longtemps refoulé en elle portera à commettre des erreurs ; ou bien d'une personnalité fatiguée qui sera la proie d'exploiteurs inédits...

— Vous ne croyez pas, après ce cataclysme, à une amélioration générale ?

— Je ne crois qu'à des périodes plus ou moins prolongées durant lesquelles la foi en une amélioration est possible.

— Mais, enfin, l'homme a en lui de la bonté ! il porte en lui un idéal !

— C'est-à-dire qu'il porte en lui, — rien qu'en lui, — la petite part de bonheur qu'il puisse jamais atteindre. Je ne le crois en effet heureux véritablement que lorsqu'il exerce la

bonté ou quand il aspire vers ce qu'il juge
être le mieux. Je reconnais dans l'homme
une attraction mystérieuse vers le juste et le
beau. L'homme, l'enfant, le sauvage discer-
nent très bien la justice, beaucoup moins
nettement le beau ; mais l'idée du beau, si
imparfaite qu'elle soit en eux, les touche et
peut les flatter. S'ils se laissent glisser aux
pentes que sont les déviations de ces idées,
ils peuvent en éprouver un étourdissement,
une joie de mauvais aloi. On se monte souvent la tête et l'on prend d'étranges plaisirs ;
mais rarement sans se rendre compte, en
même temps, que l'on est dupe, et que la
joie profonde et pure n'est pas là. Oui, c'est
en lui-même que l'homme a son unique
source de félicité comme le ver luisant
sa lumière... Il se peut que la justice soit
complètement inapplicable et que le beau
soit tout conventionnel, mais ce que nous
pouvons constater, c'est l'inclination vers le
juste et le beau qui est peut-être plus féconde

en heureux résultats que ne saurait jamais l'être leur réalisation absolue...

— Tout celà est très bien ; mais vous ne croyez, en somme, ni à la beauté ni à la justice !...

— Je crois à un effort passionné de l'homme vers la beauté et la justice...

— Qu'il n'atteindra jamais ?

La Villaumer changea brusquement de ton, et, regardant la jeune femme en souriant :

— Ce serait le Paradis, voyons, ma chère amie ; soyez raisonnable !...

XIV

La fin d'une après-midi d'avril ; les feuilles naissantes aux arbres ; l'Arc de Triomphe
que le badaud regarde aujourd'hui avec la
pensée du défilé final, et ces Champs-Elysées,
promenade sans égale, qu'Odette et M. de La
Villaumer avaient autrefois si souvent par-
courus fourmillants et joyeux, aux temps
heureux du monde.

— Vous souvenez-vous ?... Oh ! vous, vous
étiez petite fille et vous jouiez là-bas à fouet-
ter le sabot aux environs de Guignol et de la
voiture aux chèvres... Mais moi, je n'étais
déjà plus très jeune... Vous souvenez-vous du
temps où il n'y avait pas d'automobiles et où
les victorias descendaient, au pas, avec des
femmes habillées qu'on avait le temps d'admirer, de critiquer, de reconnaître et de sa-
luer ? Les autos c'est parfait, mais ça n'a

jamais produit qu'une course précipitée, d'un point à un autre, et ça n'a pas valu la lenteur de ce cortège quotidien où il semblait que chacun eût encore le temps de vivre. Excusez le caprice de mon imagination, mais il me semble que ces machines n'ont été faites que pour nous amener en grande hâte à l'affreux moment où nous sommes... Je puis vous confier cette impression parce que je sais que vous n'êtes pas une personne à me répondre que les autos nous rendent d'éminents services à la guerre et particulièrement aux heures que nous traversons. Vous pensez, comme moi, qu'elles rendent des services aussi à nos ennemis et que tous ces moyens rapides d'arriver aux champs de bataille coïncident avec une guerre sans terme concevable. D'une manière générale, les inventions scientifiques — ne pas confondre avec les sciences, qui méritent toute vénération ! — contribuent à donner à cette guerre un caractère d'atrocité qu'aucun conflit armé n'a ja-

12

mais atteint, et je voudrais qu'on me prouvât
qu'elles l'allègent dans une proportion équi-
valente. Songez seulement à l'horreur que ce
« progrès » dans l'action de s'exterminer inspire. Combien de cerveaux n'y résistent pas ?
Il meurt tous les jours des civils, et des meil-
leurs, qui s'abîment à seulement imaginer
la guerre. On les voit crouler comme des
écorces vermoulues qui paraissent encore
porter un arbre. Vous n'avez pas connu, vous,
dans votre enfance, l'émerveillement causé
par le *Nautilus* de Jules Verne. Mais vous avez
été témoin de la jobardise de vos contempo-
rains les premières fois qu'on a vu des appareils évoluant à volonté dans les airs. C'était
joli, assurément, et l'audace des premiers
pilotes était enthousiasmante. Rappelez-vous
ce mot courant sur la pelouse de Deauville
quand douze appareils arrivaient du Havre, à
trois cents mètres, tout roses sous les rayons
du soleil couchant : « La paix qui vole ! »
avait dit quelqu'un. Je haussais les épaules.

d'un air chagrin, parce que je sais qu'il faut toujours penser, devant une invention stupéfiante, à l'usage homicide que l'homme en pourra faire. L'homme a dérobé le feu du ciel; un nouveau Zeus le châtiera. L'humanité inventera niaisement, et avec extase, l'instrument de son suicide. Elle se suicidera tout entière, avec un sourire béat, au moyen d'un instrument scientifique admirable. Déjà l'homme a abdiqué en faveur de la machine. La guerre qui se fait n'est plus une guerre d'hommes, c'est une lutte de matériel. L'homme est réduit : la machine le surpasse ! Une intelligence rudimentaire suffit à mettre en branle la force véritable. Nous demeurons croyants en cette ancienne vérité que la force véritable est la vertu virile, l'antique et si belle bravoure. On a diminué la seule chose au monde qui puisse avoir une complète grandeur : l'homme. La bravoure de l'homme pour laquelle nous professons un culte que tout le passé justifie ? mais, elle est

devenue, par le caractère scientifique de la
guerre — on peut oser cette sorte de blasphème — presque une cause d'infériorité !
Nous comptons sur la valeur mystique de
notre bravoure et nous envoyons nos hommes, par milliers contre des armées d'outils.
Nous n'honorons, en vertu de préjugés séculaires, que l'homme qui s'expose, se sacrifie,
fournit, fût-ce inutilement, ses preuves de
courage, alors que le succès des armes appar-
tiendra à celui qui aura mis le plus sûrement
ses divisions à l'abri derrière de gigantesques
marteaux-pilons. Les sciences appliquées ont
causé une révolution morale. En rivant
l'homme, qui est une âme avant tout, à l'élément matière, elles ont détruit ce qu'il pouvait y avoir d'admissible dans les grandes
luttes viriles. Un chétif petit ingénieur, derrière son canon lourd maquillé, ou avec sa
mitrailleuse, sous trente mètres de béton,
vaut mieux que nos superbes héros ayant
pour eux leur cœur, leur loyauté et leurs

gants blancs... L'homme, rivé comme un forçat à la mécanique, à la substance chimique, est obligé de désapprendre l'homme. Il a l'air très intelligent quand il est pourvu de nomenclature et d'algèbre : oui, il fait rendre à la matière tout ce qu'elle peut donner, mais, arrêtez-vous : n'avez-vous pas l'impression qu'il manque à une si énorme mêlée quelque chose de supérieur ? Ils ont domestiqué les forces de la nature ; ils se croient des Titans : et ils sont là à se regarder comme des bêtes ; ils ne savent comment se tirer de cette œuvre matérielle qui les surprend et les accable. Ils se disent maîtres de la matière, et c'est la matière qui se joue d'eux. Le génie n'est probablement pas le résultat de la connaissance de la matière, mais de la connaissance de l'homme.

XV

A cette époque-là, on continuait de s'étourdir par des paroles et de noyer son esprit dans
les considérations pour l'arracher à ce lieu
unique, qui était momentanément comme le
pivot du monde et d'où l'on sentit, pendant
six mois, que tout dépendait, comme tout
avait dépendu, presque deux ans auparavant,
pendant une dizaine de jours, du choc de la
Marne.

La Villaumer descendit jusqu'à son cercle,
la lèvre faussée d'un sourire qu'on eût cru
mauvais, à la pensée des nouvelles ridicule-
ment erronées qu'il allait recueillir, comme
chaque soir. Puis il songea que cette charmante Odette, qu'il venait de quitter, était
bien jeune, et il se demanda à qui on pourrait la remarier.

Odette, entraînée par la vie menée à Sur-

ville, écœurée par l'exemple de celles de ses
amies qui ne faisaient rien que de se mourir
d'ennui et de répandre la démoralisation autour d'elles, gagnait un réconfort à fréquen-
ter ces ruches toutes bourdonnantes d'activité
charitable, comme le Foyer Franco-Belge et
ses nombreuses annexes situées dans le même
immeuble des Champs-Elysées, où il semblait que toute la misère montât et descendît,
sans répit et sans fin, les escaliers. Elle allait
là comme si elle y eût été convoquée par quelqu'un. Tant et tant de malheureux privés de
la plus chère des choses : leur maison, leur
clocher ! En les croisant sur les marches ma-
culées, elle croyait voir, dans leurs yeux effa-
rouchés, une ligne d'horizon, une route bordée de peupliers, un petit jardin, un coteau,
des champs de betteraves ou de blé. Elle
avait voyagé, elle connaissait toutes ces images qui sont les compagnes naturelles de la
vie des hommes. Et l'odeur des hameaux lui
revenait aussi : odeur chaude des étables,

odeur fangeuse des mares, odeur aigre des
tanneries du Nord, odeur balsamique de la
fumée des génévriers flambant dans les fours,
et odeur apéritive du pain tout chaud, que
l'on connaît peu à Paris. Alors elle se figurait
le désarroi de ces bonnes gens hébergés dans
une grande ville si étrangère pour qui n'y est
pas né, de toutes ces familles qui ne rever-
raient plus jamais, jamais que les ruines
rases de leur village, ou leur horizon rendu
méconnaissable par l'absence d'un seul orme
ou d'un tout petit bois ! Elle les eût embras-
sés au passage ; elle souhaitait de leur donner tout ce qu'elle possédait, tout ce qui,
hélas ! ne remplacerait pas ce qu'ils avaient
perdu.

Et elle pensait aussi : « Qu'ont-ils fait ? De
quoi ces gens sont-ils coupables ? Pourquoi
ces hommes sont-ils torturés ? Pourquoi leur
prend-on et leur détruit-on leur pauvre toit,
leur petit champ et leurs fils formés de leur
sang, qui donnaient le seul sens moral à leur

vie ?... Pourquoi les peuples ne peuvent-ils
ou ne savent-ils pas disposer d'eux-mêmes ?
Pourquoi sont-ils la proie de bandits qui tien-
nent leurs peuples pour des jouets destinés
à servir leur gloriole de soudards et qui ont
moins de souci de l'existence de milliers
d'êtres vivants qu'un enfant n'en a de ses
soldats de plomb ?... » Son cœur battait, son
âme était révoltée. Elle atteignait l'étage.

Elle allait voir volontiers dans cette maison une dame américaine qui consacrait bé-
névolement et froidement sa fortune, son intelligence et son temps aux éprouvés de la
guerre. Elle alla lui demander s'il n'y aurait
pas pour elle quelque besogne. L'Américaine
la regarda en souriant :

— Vous, vous avez mieux à faire pour
votre pays...

— Quoi donc ? dit Odette.

— Oh ! nous reparlerons de cela !
Déjà cette réponse lui avait été faite. On

la lui avait faite à Surville même, à l'hôpital, et d'un air mystérieux.

Elle en conçut de l'inquiétude, et s'en ouvrit, à tout hasard, à Simone de Prans qu'elle
vit dans la soirée.

Simone et son mari sourirent comme
l'Américaine.

— Mais enfin, que voulez-vous dire ?

— Ne vous tourmentez pas, dit sérieusement Pierre de Prans : conservez-vous. Une
femme comme vous rendra des services.

— Encore faudrait-il accomplir quelque
chose, disait Odette en s'agitant sous son
voile ; et, pour le moment, je ne fais pas
œuvre de mes dix doigts !

XVI

— Quand le nuage de l'angoisse est seulement un peu remonté dans le ciel de Paris, disait La Villaumer, cette ville si merveilleusement vivante embrasse la vie, quelle qu'elle soit, d'un élan simple, naturel, sans excès dans le geste, mais avec un sourire secret, toujours prêt.

« Cependant, la puissance de la vie, si belle, au total, a quelque chose qui fait froncer le sourcil de celui qui regarde : c'est qu'elle comporte l'inconscience et l'oubli.

« Quel phénomène déconcertant que de voir par les rues cette humanité nouvelle, en moignons, passer déjà presque inaperçue ! Des jeunes hommes portant l'uniforme, ou rendus à la vie civile, une jambe en moins, avec des béquilles, un membre artificiel,

une canne de vieillard à la main, un bras
réduit à la manche de veste, un œil crevé, le
nez remplacé par deux trous de cible, la mâchoire repétrie comme une glaise à l'état
d'ébauche, ou bien conduits, privés de lumière !... Ils suscitent à peine la compassion,
souvent pas même de curiosité. Ils sont trop !
On en voit de pareils en tout lieu. Les croix :
la croix de guerre, la médaille militaire, la
Légion d'honneur sur une poitrine d'adoles-
cent qui, un temps, avaient attiré les
regards admiratifs et mouillé les yeux des
femmes, on les remarque. tout juste. Ils
sont trop à les avoir méritées ou obtenues !
La plupart, sur leur vareuse, ne portent plus
que le ruban, comme les civils. La longueur
et la barbarie de la guerre ont détruit tout.
Des hommes dont la valeur éteint les plus fameux exemples de l'histoire avec quoi l'on
orne la mémoire des enfants dans les écoles,
se refusent à être nommés des héros. Des
héros, il y en a trop ! Ce n'est plus pour se

distinguer ni pour couvrir d'honneur leur
famille, ni même pour donner un noble
exemple que tant d'hommes accomplissent
des prodiges ; ils le font modestement, parce
que cela doit être fait pour qu'une abomination finisse. Chez beaucoup, l'idée même de
patrie se dilue en faveur de quelque chose
d'une bien moindre action sur le cœur, et qui
n'a son mobile que dans une conception gla-
ciale : le militarisme doit être détruit ; il faut
combattre en haine même du combat. Nouveauté ! Un si vaste soulèvement guerrier ne
produit aucun enthousiasme belliqueux ; il
n'est animé que par la haine de la guerre.
Tous ces hommes braves, troués comme des
écumoires, rescapés d'une épreuve sans précédents, ne nourrissent pas l'ambition de dé-
filer, victorieux, sous les plis des drapeaux,
aux acclamations des vieillards, des femmes
et des enfants : ils ont l'idée rudimentaire du
paysan qui lutte avec un chien enragé et qui,
l'ayant abattu, creuse la fosse, enterre la cha-

rogne, se lave les mains à la pompe, et va enfin s'asseoir à sa table.

« L'Allemagne a arraché à l'homme sa divine enfance. En moins de deux années, cette horde l'a vieilli ; elle a tari en lui la naïve et charmante faculté d'enthousiasme, qui l'avait fait souvent dupe, mais qui lui causait d'irremplaçables joies. La plus déplorable des ruines étalées sur notre sol par le monstre, ce n'est peut-être pas tant encore les pierres splendides de Belgique et de France, mais c'est cette jeunesse de l'humanité, qui semblait éternelle, et qui la portait aux vastes élans d'espérance collective : foi en la Fraternité, foi en la Liberté, foi en la Justice, utile religion du Progrès. La raison froide a empoisonné, comme un gaz allemand, toute cette sève fraîche et jaillissante. Tout l'univers n'est allié que pour étouffer un chacal. Chaque homme revenu de cette épreuve trop dure n'aura plus que le goût de jouir de ce qu'il lui reste de jours. Le scepticisme, qui

paraissait n'être qu'une manière de voir
appartenant à quelques messieurs très distin-
gués, a envahi les foules. Mais en se vulgari-
sant il cessera toute relation avec le dilettan-
tisme son frère. Vous verrez ce que sera le
scepticisme réaliste !

— On rêvera toujours, répliquait Odette.

XVII

Odette retourna à Surville, au commencement d'août. Les grandes chaleurs sévissaient. On avait marqué le deuxième anniversaire de la mobilisation. La guerre était un état. Beaucoup se rappelaient déjà difficilement celui de la paix. Il y avait même, à l'hôpital, des discussions sur ce qu'était l'établissement avant la guerre. Quelques personnes, bien qu'elles eussent séjourné alors à Surville, ne se souvenaient pas de l'avoir connu. « Vous rappelez-vous la conférence d'inauguration, par M. le Médecin chef, le 16 août, avant l'arrivée du premier train sanitaire ? » Certaines de ces dames certifiaient qu'il avait fait une conférence anti-militariste ; d'autres, qu'il avait parlé uniquement contre l'alcool ; d'autres, qu'il avait été d'une grande éloquence patriotique ; d'autres que ce n'était pas lui qui avait pris la parole, mais le chirurgien, un fort joli homme ; d'autres enfin, qu'aucune conférence ne datait de cette époque. Une dame n'avait gardé mémoire que de la première séance de pose, en blouse blanche et en coiffe, devant le photographe. La première entrée des blessés, arrivant de Charleroi le 25 août, se confondait avec les arrivages de septembre. Deux ans ! quel laps de temps, quand on n'a fait que voir misères sur misères ! Jamais rien d'heureux depuis vingt-quatre mois... Le communiqué de la bataille de la Marne? Cela compte. Mais on n'en comprenait pas alors toute l'importance ; il n'avait pas été fêté. Nos autres longues et grandioses victoires d'arrêt n'offraient aux esprits rien de conforme à ce qu'il était convenu d'appeler des succès militaires. A la longue seulement, leur valeur s'imposait, quand des tristesses nouvelles nous avaient touchés par ailleurs. Deux ans

13

de plat et noir ennui, de constante appréhension, de deuils superposés.

Cette année, de nombreux étrangers en-
vahissaient la plage. Les tennis étaient occupés par une jeunesse d'outre-océan qui rappelait trop les jours anciens ; la foule était
égayée par une profusion de chandails multicolores ; la mer baignait les corps luisants de
femmes qui paraissaient aussi naturelles
qu'Aphrodite ; les automobiles incommo-
daient presque comme au beau temps ; et,
entre les rangées des tentes, entre les fleurs
multiples des lainages colorés, au bord du
flot où tant de belles jambes se jouaient, une
race d'êtres qu'on eût dite particulière, allait,
venait ou demeurait immobile : c'étaient les
hommes échappés du feu. Ils étaient vêtus
à la diable, manquaient d'un membre ou
bien de deux, clopinaient, les aisselles
foulées par des béquilles, ou s'allongeaient
sur le sable chaud, en fumant, timides en
apparence, échangeant des propos peu com-

préhensibles, se taisaient aussi en pensant à quoi?...

Ce dernier spectacle, seul, aux yeux d'Odette, méritait considération. Elle avait vécu la plupart du temps au milieu des blessés ; elle avait vécu à Paris au milieu du monde. « Tout est fini, se disait-elle ; rien ne remédiera à cela ; c'est une bouffonnerie que de singer la vie d'autrefois ; elle est abolie ; La Villaumer a raison quand il dit : « Les hommes ont trop souffert. »

C'était dans ce lieu même, là, en face, à l'Hôtel, qu'elle avait fait la connaissance de Jean. Ils s'étaient plu, l'un et l'autre, d'un coup, mais plu à en perdre la raison. Elle se rappelait avoir été folle d'amour en ces allées, entre ces grilles de tennis, sur cette plage et sur cette terrasse qu'elle foulait aujourd'hui, accablée de désespoir et d'un désespoir anonyme, plus grand qu'elle, plus grand que cet horizon maritime, plus grand que tout.

Elle n'oubliait rien. Elle se souvenait de

ces préludes du mariage, puis des premières
vacances passées, de leur solitude à deux, au
milieu du monde, de leurs baisers échangés
sur ces dunes, ou le long des routes, ou à la
ferme au verger charmant, ou, certains
soirs, devant le spectacle féérique de la mer
phosphorescente ; elle se souvenait de la
chambre de l'Hôtel de Normandie, où il
l'avait quittée quelques jours avant le
2 août !... Elle se souvenait du beau ciel de
cette journée, et du tocsin sonnant à toutes
les cloches de la campagne, et des roule-
ments de tambour, et des jeunes gens levant
leur chapeau. Combien d'eux vivaient aujourd'hui ?

XVIII

Elle avait à peine fini de déjeuner, qu'elle entendit tinter la clochette, à la barrière de bois qui fermait son petit jardin. On introduisit Mme de Calouas.

Mme de Calouas trouva Odette environnée de photographies de Jean. Il y en avait aux murs, il y en avait sur la cheminée, sur les tables, sur le bureau, sur le piano. Odette avait profité de son voyage à Paris pour confier aux photographes les clichés qu'elle possédait ; elle les avait fait agrandir ; elle était encerclée de Jean comme si Jean fût devenu un peuple ; elle le voyait dans toutes les pièces de son pavillon et partout ; elle n'éprouvait un peu de quiétude qu'à le voir. Si elle ne parlait pas de lui au dehors ou fort peu, une fois rentrée elle n'appartenait plus

qu'à lui. Elle lui adressait la parole, le con-
sultait et entendait les réponses que, selon
son caractère il eût dû faire aujourd'hui, s'il
eût vécu, s'il eût connu les événements.

Mme de Calouas laissa errer son regard sur
ces effigies.

Mme de Calouas n'était pas du nombre des
infirmières récompensées par la médaille des
épidémies, quoiqu'elle ne se fût pas absentée
quarante-huit heures depuis le début de la
guerre et que son rôle à l'hôpital fût des plus
importants ; mais un tel oubli, ou lui était
indifférent, ou flattait son orgueil. Elle
appartenait à une famille où tous professaient
le désintéressement absolu, surtout vis-
à-vis de ce qui peut provenir des pou-
voirs publics, et bien que la tradition de ses
membres fût de s'adonner constamment aux
plus grands devoirs. Les magistrats y avaient
démissionné quelque trente-cinq ans auparavant ; les officiers y demeuraient stagnants
au grade de capitaine ; c'était même une

locution usitée dans le Morbihan, que ces mots : « les capitaines de Calouas ». Au début de la guerre, « les capitaines de Calouas » s'étaient montrés de ces hommes d'anciennes mœurs qui considéraient que le plus beau rôle à tenir devant l'ennemi est de s'y faire tuer. Leur bravoure magnanime et téméraire les avait d'ailleurs à peu près tous couronnés de l'auréole du sacrifice. Ceux dont la mort n'avait vraiment pas voulu étaient montés, cette fois, en grade, et avaient reçu la croix à la suite d'actions répétées et d'une valeur exceptionnelle au milieu de tant d'actes étonnants. Sur sept, il n'en restait plus qu'un, nommé récemment lieutenant-colonel, avec un bras artificiel, un poumon écorné.

Mme de Calouas s'excusa de venir d'aussi bonne heure, mais elle avait, dit-elle, un irrésistible désir de causer librement avec une amie en qui elle avait discerné « une âme d'élite ».

— Dans cette espèce de couvent où nous
avons vécu longtemps côte à côte, je me con-
sidère un peu, si vous le permettez, comme
une mère pour vous, puisque j'ai la responsabilité de vous en avoir entr'ouvert la porte.
Voulez-vous me permettre de vous parler
comme une mère ?

— J'en ai bien besoin, dit Odette ; je n'ai
plus de mère, et je suis veuve...

Et elle montra du doigt toutes les photographies du mort. Elle semblait vivre au milieu d'un cimetière, être elle-même dans un
caveau.

Puis, tout à coup, les larmes lui vinrent
aux yeux.

— Je l'aime comme le jour de sa mort,
comme la veille, comme le jour maudit où il
m'a quittée... Je ne peux pas crier cela sur
les toits... Madame, vous avez subi comme
moi, plus que moi, cette horrible guerre : on
ne peut plus parler de ses morts ! On n'a pas

le droit de montrer sa douleur ! Il y a trop de
douleurs et trop de morts. Je n'ai jamais pu
parler de lui. Je n'ai trouvé qu'une personne
qui ait consenti à me le rappeler avec complaisance : c'est une femme, à Paris, une
égoïste qui a réussi à ne pas se laisser toucher
par la guerre, une femme jeune, comme
moi, mais déjà une femme d'autrefois... Désormais qui est-ce qui peut s'attarder sur son
chagrin personnel ?...

— Reste à savoir, ma pauvre amie, dit
Mme de Calouas, si ce que vous constatez est
un mal. Je dis un mal pendant le temps que
nous vivons, pendant cette guerre qui n'en
finit pas, qui n'en finira pas, et pendant de
nombreuses années après cette guerre, en un
mot pendant notre vie à toutes, même à vous.
Vous savez, mon enfant, si je suis une
femme attachée à tous les us et coutu-
mes. Dans nos familles, les veuvages sont
sérieux, et ordinairement éternels. Mais cette
guerre a modifié jusqu'à nos usages les

mieux établis. De grandes nécessités, de durs
devoirs nouveaux se présentent. Il a fallu re-
fouler beaucoup de nos sentiments ; nous
sommes tenues de subordonner notre personne et même ce qu'elle contient de plus
vénérable à l'exigence commune. Pleurer un
mari bien aimé, quoi de plus digne et de
plus touchant pour une jeune femme ? Mais,
ma petite amie, laissez-moi vous confier une
vérité cruelle et dont vous avez commencé à
vous rendre compte : vous me disiez tout à
l'heure que nous ne pouvons plus parler de
nos maris morts, eussent-ils été tués le plus
glorieusement, ce qui est notre cas à l'une
comme à l'autre : eh bien ! pardonnez-moi
ce que je vais vous répliquer ; c'est une des
choses les plus écrasantes de ce temps sans
nom : — pleurer nos maris, c'est une espèce
de complaisance envers nous-même, c'est
une attention individuelle, c'est quelque
chose comme une délectation !... Je vais vous
faire bondir, mais il faut que je vous dise

cela, moi qui ai vingt ans de plus que vous, et parce que je reconnais en vous un noble cœur, agrandi plutôt que diminué par la tourmente. Ma pauvre enfant, vous ne devez pas rester au milieu de ces images d'un mort. Si nous nous appartenions, nous serions à ce que notre cœur de faibles êtres préfère. Nous préférerions nous souvenir et pleurer. Mais *nous ne nous appartenons plus !* Imitons nos maris ! Ils préféraient certainement vivre. Prétendre le contraire, c'est de la hâblerie. Mais ils ont, sans hésiter, accepté la mort. Ils ont compris, tous, qu'ils ne s'appartenaient plus. Nous ne nous appartenons plus. Je vous en donne ma parole d'honneur — et vous ne vous doutez pas de l'objet de vénération ni de la cause de bonheur qu'a été, pendant vingt ans, mon mari pour moi : — si j'étais encore en âge d'avoir des enfants, je voudrais me remarier demain !... Je suis trop vieille, et c'est pourquoi vous me voyez me donner tant de mal par ailleurs. De vous, ce qu'on attend, ce n'est pas la besogne que je fais...

— J'aimerais mieux cette besogne, dit Odette.

— Vous ne vous appartenez plus.

— C'est plus que la mort, ce qu'on attend de moi !

— Nos hommes ont enduré les souffrances de l'Enfer, et ils ne sont morts qu'après...

Odette se mit à sangloter.

— Ma petite, ma chère petite amie, dit Mme de Calouas, ne vous abandonnez, je vous en conjure, à aucune sorte de désespoir. Croyez ce que je vous dis et ne vous imaginez pas que je sois dure, comme je peux le paraître. Je ne suis pas dure. Je me suis seulement revêtue d'une carapace, parce que nous sommes engagés dans une lutte sans merci. Ne nous laissons entamer ni par les catastrophes, ni par les pertes trop sensibles, ni par les épreuves trop fortes. S'attendrir c'est se diminuer. Nous ne pouvons

compter provisoirement que sur les souffrances. Chacune d'elles doit être pour nous l'occasion non de pleurer mais d'agir davantage.
Il n'y a qu'un but. Comme cela simplifie les
choses ! Nous le regardons, lui seul. Et nous
n'ouvrons les yeux ni à droite ni à gauche.
Tout peut arriver : nous sommes prêtes, nous
ne faillirons pas. On peut nous demander
plus que de raison : nous avons offert nos services. Point d'embarras, point de forfante-
rie, point de considération personnelle surtout : laissons cela aux pauvres gens, si c'est
le seul mobile qu'ils puissent avoir. Nous autres, nous devons payer d'exemple...

X I X

Odette remonta à sa chambre afin de s'éponger les yeux ; mais ce fut en vain ; elle se reprit à pleurer ; elle avait un incoercible besoin de pleurer ; elle pleura jusqu'à l'heure de retourner à l'hôpital.

Elle avait des photographies de Jean dans sa chambre, comme dans son salon. Et elle pensait, à présent, que s'adonner à sa douleur c'était une « délectation » !... Elle avait coutume de s'abîmer dans son chagrin ; qui eût pu croire que c'était encore se livrer au plaisir ? Cependant, par rapport aux excès de tristesse du temps présent, se rouler en pleurant dans ses souvenirs de bonheur, c'était se mettre à part, s'abstraire en soi, se griser des parfums de l'encens devant son autel particulier, s'ôter des forces pour ce grand acte commun qu'elle avait eu tant de peine à admettre, mais dont elle ne pouvait nier aujourd'hui l'impérieux commandement.

« C'est encore un plaisir ! »... se répétait-elle. Quel chaos fallait-il qu'il se fût produit, pour que sa plus violente douleur, pour peu qu'elle la ravivât par l'imagination, prît la figure d'une félicité !...

Et Mme de Calouas avait affirmé que, quant à elle, moins âgée, elle n'hésiterait pas à se remarier !... Ah ! non, cela c'était trop. Tout, tout, mais non pas cela ! « Ils ont subi les peines de l'Enfer et ils ne sont morts qu'après ?... » Oui, leur martyre et leur mort, je les veux bien pour moi ; mais je refuse de trahir mon souvenir adoré...

Elle eut un accès de chagrin où toute sa personnalité molestée regimbait et se cabrait. Elle saisissait les photographies de Jean et les baisait avec ivresse. Elle voulait détester le reste de la terre et n'appartenir qu'à cette mémoire unique et sacrée. Elle rejetait provisoirement les avis de Mme de

Calouas : « Si c'est une volupté, eh bien ! je
m'abandonne à cette volupté!... J'aime Jean.
Je n'ai jamais aimé que Jean !... »

Autrefois, elle sortait avec Jean à bicyclette,
et tous les deux, côte à côte, se regardant
souvent, s'adressant des baisers, ils roulaient
à perte d'haleine sur les routes normandes,
entre les haies profondes et hautes où l'on se
sent enserrés, avec une seule issue devant
soi, où il n'y a qu'à courir. Une auto apparaissait. Jean prenait le devant ; Odette
filait dans son sillage en respirant son parfum avant d'être empestée par le nuage
poussiéreux et les odeurs d'huile ou d'es-
sence. Quelquefois, à lente allure, elle et lui
se donnaient la main. Elle était svelte, légère, vêtue de rien ; elle jouait sur sa machine, en acrobate ; et son agilité et sa joie
remplissaient Jean de bonheur. Il sautait
tout à coup à terre ; elle l'imitait ; et ils se
baisaient, longuement enlacés. Ils connais-
saient un petit cabaret où, sous la tonnelle,

s se faisaient servir du cidre avec du fro-
mage blanc et du pain. Jamais ils n'avaient
rencontré là personne ; le vent faisait fris-
sonner le feuillage autour d'eux ; le chien les
regardait d'un œil comique ; et la patronne
les servait en souriant. Par-dessus tout ils
fréquentaient le verger, l'incomparable verger de la Ferme, au pied des ruines de Saint-
Gingolph, où ils étaient reçus familière-
ment, tous deux si beaux, si jeunes, si rayon-
nants de bonheur ; où ils se promenaient à
l'automne, dans les petites allées bordées
d'oseille et de thym ; où il poussait des dah-
lias à côté des oignons ; où l'on voyait des
groseillers chargés de rubis, un figuier dans
un coin, dont les fruits ne mûrissent jamais ;
où l'on se courbait pour avancer sous les poi-
riers ; où Odette mordait une poire en passant, ce qui faisait grommeler Jean qui
cueillait la poire, grignotait à la place en-
dommagée par les dents, et rapportait le fruit
à la fermière aimable en disant : « Regar-

14

dez nos dégâts... » — « Oh ! répliquait sim‑
plement la fermière, Madame a l'air si con‑
tente !... »

Souvenirs délicieux et terribles ! Odette n‑
pouvait plus aller revoir ces endroits si pro‑
ches et qui lui eussent causé aujourd'hui tan‑
de mal.

Elle ne pouvait pas non plus aller le soir, ‑
la nuit, au bord de la mer, où dans chaqu‑
ombre errante, elle eût cru voir l'ombre d‑
Jean. Ils aimaient jadis à venir rôder l‑
par l'obscurité tiède du mois d'août. L‑
lente plainte de la mer leur était un‑
berceuse composée par un musicien de g‑
nie. Sans doute Odette voyait autour des ch‑
ses moins de larges ondes qu'aujourd'hui‑
mais toutes les choses se confondaient alo‑
avec son amour et lui semblaient merveille‑
ses. Quelquefois Jean, qui avait des enfanti‑
lages, s'amusait à s'éloigner d'elle, tout ‑
coup dissous à ses yeux dans le brouilla‑
nocturne. Elle l'appelait d'une voix inquièt‑

« Jean ! » Et elle reconnaissait toujours sa silhouette à ce qu'il étendait en approchant d'elle les bras en croix pour les abattre sur elle et la presser aussitôt retrouvée. Dans ce temps-là on entendait au loin le son des violons et l'on apercevait par-dessus la dune sombre les villas et les hôtels illuminés. A présent on savait qu'à la place de ces hôtels gisait un millier d'hommes entortillés dans les pansements, empoisonnés par les pus et les gangrènes, et la mer soutenait un long chapelet de bouées où s'accrochaient les filets contre les sous-marins. Comment retourner là ?

L'été s'acheva ainsi, mais d'une façon relativement satisfaisante et avec de grands espoirs dans les opérations militaires. La vague l'optimisme passait. Les couleurs roumaines étaient arborées à l'hôtel de ville ; la bataille de la Somme avait dégagé Verdun et commençait elle-même à se ralentir. Au commencement d'octobre, ies blessés à l'hôpital

étaient presque rares. Odette, trop peu occupée, réduite à la solitude, s'alanguissait. Les
discours de Mme de Calouas, elle les trouvait
très beaux ; mais ils ne la touchaient pas.
Pourquoi ?

N'avait-on pas voulu lui faire quitter son
deuil ? les deux ans étant depuis un long
mois écoulés. D'autres veuves avaient aban-
donné presque avec joie leurs crêpes, aux
dernières chaleurs de l'été. Odette considérait cela comme une profanation. Le temps
passait. Certes oui. Il était long. Démesuré-
ment. Mais pour elle, Jean était mort hier ;
rien à ses sentiments n'était modifié par ce
qu'elle avait vu. Elle songeait à toutes ces
blessures des corps qu'elle avait pansées de
ses mains, et qui se cicatrisaient. La grande
déchirure, en elle, demeurait à vif. A tout
instant elle oubliait la guerre, les malheurs
dont la seule idée, à d'autres moments,
l'écrasait, pour ne penser qu'à l'être chéri
auquel elle était liée pour l'éternité.

Une après-midi, elle se traîna seule, à pied, sur la route de Saint-Gingolph, entre la rivière, les prairies, et un petit coteau en pente douce, qui sépare deux vallées. Il faisait beau ; on marchait sur les feuilles de platanes, les unes pourrissantes, les autres roulant à terre, poussées par le vent d'automne. Elle n'eut pas le courage d'aller jusqu'à la ferme dont le verger borde la route. Elle s'assit sur l'herbe du fossé, et elle songea que c'était le troisième automne qu'elle voyait là, depuis cette guerre ! Elle se souvint du premier, où l'on commençait à trouver les hostilités bien longues ; où chaque soir, en passant à la poste, on espérait lire la nouvelle de quelque événement qui en apportât le dénouement brusque. Elle se souvint des petits soldats qu'elle accompagnait alors au cimetière et de qui chacun tenait absolument à penser : « C'est le dernier !... »

Devant elle, à la crête du coteau, comme un écran fantastique au bord découpé négli-

gemment par un enfant, une longue allée
d'ormes très anciens interceptait l'horizon.
Ils portaient, accrochés çà et là, des lambeaux de feuillage encore d'or ; et une nuée
presque opaque, de corbeaux s'élevait et
s'abattait sur leur cime inégale avec des croas-se-
sements sinistres. Les oiseaux au cri lugu-
bre avaient l'air de se livrer bataille pour se
disputer un charnier fameux. Et tout à coup
ils s'enfonçaient dans les ramures, disparaissaient ; et l'on ne percevait plus d'eux que la
blessure infligée par la lime cruelle de leur
voix à l'air immobile. Puis, la noire nuée
remontait, comme si l'allée des vieux ormes
fauchée aux pieds par des obus, se fut sou-
levée avant de s'affaisser. Et cela simulait une
palpitation douloureuse de la colline. L'âpre
criaillerie de ces milliers d'oiseaux irritait
les nerfs et exaltait toutes les puissances de
rêverie funèbre.

Odette reprit sa marche vers la ville. Le
jour tombait. D'épaisses prairies au bord de

a rivière, un clocher d'ardoise environné d'un feuillage d'ocre rose, le champ de courses, — souvenir d'élégance et de vie brillante —, puis deux ou trois jolies villas où les vignes-vierges rougies se balançaient dérisoirement devant les fenêtres closes, lui évoquaient trop péniblement une ère finie ; un paradis perdu. Parmi des personnes qu'elle croisa, déjà à demi-noyées dans l'ombre, quelques-unes riaient. On pouvait donc rire ? Mais oui ! La vie, diverse, a sa source profonde dans les eaux d'une Fontaine de Jouvence... Et la nuit et les croassements des corbeaux la hantaient. Elle se jeta sur un divan à son arrivée au pavillon, et demeura anéantie jusqu'à l'heure où Amélie vint lui annoncer son dîner solitaire.

Le courrier lui apprenait la mort du dernier petit de Blauve, parti volontairement pour le feu, devançant ceux de son âge, et tué raide au cours de l'heure même où il mettait pour la première fois le pied dans la

tranchée. Elle lut deux journaux, un peu
machinalement, comme un devoir quotidien, ligne à ligne. Un vide intérieur se produisait en elle. Elle se sentit s'écrouler. Il
lui fallait un changement coûte que coûte.
Sa présence à l'hôpital n'était en ce moment
d'aucune nécessité. Elle résolut de rentrer à
Paris, sans autre raison que l'impossibilité
pour elle de demeurer à Surville. Que de dé-
placements fiévreux elle connaissait, depuis
cette guerre, qui n'avaient pas de motifs plus
sérieux !

X X

Aussitôt à Paris, elle alla faire visite à Mme de Blauve. Cette femme, qui avait perdu son mari très aimé et ses deux fils à peine en âge d'être soldats, ne pleurait pas, ne s'ennuyait pas, ne disait pas de mal de la guerre. On avait été témoins de sa tendresse pour tous les siens ; mais, par-dessus tout, elle savait vivre, ce qui comporte, quand il y a la guerre, l'oubli total de soi-même et de tous les siens. Elle n'envoyait pas ses filles dans les hôpitaux, où l'on n'avait pas besoin d'elles ; elle avait renoncé elle-même au métier d'infirmière, afin de hâter par ses propres soins la préparation de ses filles au mariage : « Le mariage est le devoir civique des femmes, disait-elle ; à seize ans et demi on peut très bien avoir un enfant. Le mariage est difficile par le temps qui court ; mais j'y mettrai le prix ! » Et elle ne pensait

plus qu'à cela, l'aînée ayant passé sa quin-
zième année.

Mme de Blauve était pour Odette, à Paris,
une autre Calouas. Ni devant l'une, ni devant
l'autre, Odette ne se sentait à l'aise, et, cependant, l'une et l'autre exerçaient sur elle
une attraction inexpliquée. Elle se sentait
éloignée de l'une comme de l'autre, tout en
leur prêtant, avec une largesse qui l'étonnait, quelque portion d'elle-même qu'elle
n'eût pas pu définir. Toutes les deux la cho-
quaient, l'écorchaient même ; elle s'effarait
devant leur stoïcisme. Elle les regardait d'un
air sombre et presque haineux, lorsqu'elles
semblaient considérer avec réprobation les
vêtements de deuil qu'elle s'obstinait à porter. Ces femmes, élevées dans la profession
du culte des morts, du fond du passé qui
était leur élément, se dressaient comme des
spectres et prononçaient un mot inusité dans
leur bouche : « En avant ! » Impression troublante.

Ce n'était pas qu'elle les enviât, sous le prétexte qu'elles paraissaient l'une et l'autre adaptées au malheur du temps. Odette ne tenait pas à s'adapter. Odette ne tenait pas à cesser d'être inconsolable. Au contraire, elle implorait qu'on la laissât s'étouffer dans sa douleur sans fin. Et elle éprouvait une sympathie secrète pour ces deux ennemies inavouées de la perpétuité de son amour...

XXI

Odette, rentrant chez elle, croisa, à la traversée des Champs-Elysées, deux groupes de soldats aveugles conduits chacun par une femme qui les aidait à passer d'un refuge à l'autre. Le soldat aveugle causait invariablement à Odette un tremblement d'effroi. De tous les blessés de guerre c'était celui qui atteignait le plus violemment son imagination compatissante. Elle resta figée sur le premier refuge en regardant ces hommes que des femmes jeunes tenaient par la main, un dernier accroché à la capote de son camarade et tâtonnant l'espace d'un bras craintif.

Mais, devant cette misère, les cochers, et les chauffeurs des autos si pressées, s'arrêtaient comme devant le convoi mortuaire, que Paris respecte. Le double flot de la circulation s'immobilisait de part et d'autre, évoquant le souvenir des eaux de la Mer Rouge. Les piétons entassés formaient un rempart de leurs corps. Ils ne saluaient pas, parce que ce n'est pas la coutume, mais il était visible à leur sérieux visage qu'ils en avaient le désir, presque le besoin. Une vénération telle qu'on n'en a vu jamais sur les figures françaises, était marquée sur la physionomie des hommes, des femmes, des enfants même. Ce qui passait là n'était presque rien ; c'étaient des soldats atteints à l'organe de la vue et des femmes charitables leur servant de guide. Ils rompaient pendant deux minutes le mouvement des Champs-Elysées. Et c'était un courant moral, une puissance non reconnue, non classée, d'aspect pauvre et même lamentable, qui contrariait tout à coup l'agitation matérielle et prospère d'une grande ville. Odette sentait bondir son cœur et elle avait les yeux si brouillés en atteignant le trottoir, qu'elle faillit ne pas aper-

cevoir son ami La Villaumer qui s'était
planté là, à regarder cette traversée si simple, et pathétique.

Après les premiers mots de politesse, il dit
à Odette :

— On a souvent imaginé Jésus revenu
parmi nous : j'ai cru le voir à la tête de ce
cortège, faisant signe, de sa douce main, aux
nombreux mortels affairés, et prononçant
la parole antique : « Arrêtez-vous, voyageurs !... » Il revenait, Dieu de justice et
d'amour, au moment du plus grand attentat
commis par le démon contre ses chers hommes, alors que chacun de nous est obligé de
descendre au fond de soi-même et de se demander : « Qu'est-ce qui va demeurer debout ? » Et il nous répondait : « En vérité, je
vous le dis : Conservez tous désormais le
souci de la détresse humaine. » J'ai cru aussi
l'entendre dire tout bas : — pardonnez-moi
ce blasphème qui vous choquera ! — je l'ai
entendu dire tout bas : « Mes souffrances ont

été dépassées ; les souffrances de mes mar-
tyrs ont été dépassées... »

— Oh !

— Oui, eux et Lui, en souffrant, ils
avaient la certitude d'entrer dans le royaume
de Dieu, et en un délai relativement court.
La plupart des pauvres hommes ne l'ont pas;
beaucoup sont sans espérance et leur supplice dure déjà depuis vingt-huit mois ! Ils
vont subir un troisième hiver et il en restera
parmi eux pour un quatrième !... Et, qui
sait ?... Il naîtra de là, mon amie, un « culte
des Hommes ». Ce n'est plus seulement le
sang humain, c'est la torture indéfiniment
prolongée des hommes, de millions et de
millions d'hommes, qui va créer un élément
mystique nouveau où puiseront les religions
de l'avenir... Vision dangereuse : le salut de
l'humanité n'est présentement en rien qui
puisse ressembler à l'humanitarisme.

« Une nouvelle, mon amie : Misson, le
mari de notre bonne Rose, celui dont on

s'est tant moqué parce qu'il conduisait son automobile... Eh ! bien il a été tué, le brave homme, à son volant, en conduisant des officiers, d'un éclat d'obus...

— Ah ! ma chère Rose ! Je cours chez elle.

— N'y allez pas. C'est sur la route de Reims que le malheur est arrivé. Elle a obtenu d'aller chercher le corps... Savez-vous ce que Mme Leconque a dit, en apprenant que le corps de Misson avait été dépecé par des éclats d'obus ? Elle a dit : « En auto ?... la bête de mort !... » La mort que l'on reçoit en auto, vous le savez, n'est pas noble. C'était, paraît-il, la cent-quatrième fois qu'un obus tombait à moins de trente mètres de sa voiture, et la neuvième de ses voitures atteintes en cours de route... Il demeurera un embusqué.

Odette ne put s'empêcher de porter son mouchoir à ses yeux.

La Villaumer qui ne perdait rien d'elle, lui dit :

— Vous pleurez un autre malheur que le vôtre...

— Croyez-vous ? dit Odette, c'est toujours le mien ; c'est lui qui me rend les autres plus sensibles.

— Oui, mais à partir du moment où vous pleurez aussi les autres, le vôtre vous est plus tolérable.

— Je ne voudrais pas souffrir moins.

— Vous ne souffrez pas moins ; il y a place dans votre cœur pour une douleur plus grande...

— Vous m'avez toujours fait peur en me disant cela...

— Odette, il ne faut plus avoir peur de rien.

Et, en remontant l'avenue, La Villaumer dit à Odette :

— Je me souviens d'avoir regretté devant vous, au printemps dernier, la merveilleuse descente des Champs-Elysées, du temps des élégances. Cependant, aucun de ces beaux

15

jours anciens ne m'a donné tant d'émotion
que la traversée de ces dix aveugles de
guerre. Je ne cesse pas de regretter l'époque
où ces pauvres jeunes gens jouissaient de la
lumière ; mais je me demande par quel mystère la plus grande douleur nous exalte au-
delà du plus grand plaisir... Je crois même
que l'exaltation du plus grand plaisir est
assez courte et dégénère rapidement, tandis
que l'autre se prolonge en s'épurant sans
cesse.

— Vous vous convertirez, La Villaumer !

— Vous savez qu'il n'y a pas d'incré-
dule plus convaincu que moi ; et vous savez
que toute ma prédilection va à la vie simple,
saine, franche, épanouie normalement, heureuse, on pourrait dire, à la manière païenne.
Mais ce mode de vie n'épuise pas la vie, bien
que je le croie le plus conforme à la destinée
de l'homme. La vie a contracté d'autres dis-
positions, d'autres tendances. Et cela n'empêche pas l'ascétisme, par exemple, si

attrayant, d'avoir à sa base une vérité psychologique incontestable. On ne vous permet pas, dans l'état actuel de la civilisation, d'admettre les contraires dont cependant le monde est composé. Si vous nommez seulement deux propositions contradictoires, on vous accuse de versatilité, sinon de fourberie... Chacun demeure cantonné dans sa petite vérité partielle, incomplète; c'est pourquoi le genre humain vous paraît incohérent et quelquefois bête.

— Voyons ! Expliquez-moi un peu : comment peut-on, par exemple, aimer à la fois le plaisir et ce qui le condamne ?

— Cela paraît inconciliable ; cependant remarquez qu'il n'y a que les grands voluptueux à pouvoir saisir toute l'importance de l'événement qui consiste à renoncer au plaisir. Il faut bien aimer ce qu'il y a d'exquis dans la vie pour tressaillir à fond au spectacle d'une mort volontaire. J'ai assisté, en qualité de parent ou de simple curieux à plu-

sieurs prises de voiles. — Vous savez ce que
peut être la prise de voile pour une jeune fille
belle ? — Eh, bien ! les pères mis à part, je
n'y ai pas vu pleurer des hommes professant
la même foi que la novice, mais j'y ai vu
manquer de s'évanouir de robustes artistes
assez indifférents à la personne qui quittait
le monde, mais adorateurs de la beauté et de
l'amour. Ils ne croyaient pas à autre chose
qu'à la beauté et à l'amour, et ils étaient les
seuls, dans l'assistance, à être foudroyés par
la puissance du mobile qui peut arracher un
être humain à l'attraction d'un tel aimant.
Ces mécréants, ces intrus dans le temple, su-
bissaient une telle secousse, qu'ils appro-
chaient plus près de l'adhésion fervente au
dieu inconnu d'eux que ne le faisaient dans
le même temps les hommes de foi tranquille
qui tenaient la cérémonie pour ordinaire et
conforme à l'ordre des choses. Les convers
ardents ne se recrutent pas parmi les amis de
la religion, mais parmi ses adversaires décla-
rés ou ceux qui l'ont totalement ignorée.

XXII

Il fallut aller déposer une carte avec un mot chez la malheureuse Rose, et la voir, la soutenir, essayer, vainement, de la consoler.

Simone, par bonheur, étourdit Rose et Odette au moyen de son babillage. Elle était informée de toutes les vies privées comme au temps de la paix.

Mathilde Aviron, — une autre Germaine Le Gault — était éprise d'un député.

— Mais, dit Odette, elle a perdu son mari quatre semaines après moi ?

— Il y a deux ans et deux mois de cela, ma chérie !

— C'est vrai !

— Tout dépend de tant de circonstances !... Ils vont se marier, paraît-il... Et ce pauvre Ogivier qui se meurt lentement, misérablement dans la solitude, parce que sa femme se croit obligée d'être héroïque dans les am-

bulances !... Les avis sont partagés ; les ur:
disent : « Elle fait bien. Que voulez-vou:c
Ogivier a cinquante-cinq ans ; il est inu:
tile... »

— Mais, enfin, c'est son mari. Est-ce qu:
sa présence, à elle, est indispensable dans l(:
ambulances ?

— Il n'y a personne d'indispensable, ei
tend-on dire partout.

— Alors ?

— Alors, c'est la guerre. Quelques-u:-
oublient leurs devoirs, d'autres ne savent c:
les situer. Mme de Gaspari a voulu absolu:
ment tourner des obus. Elle sentait l'origa:
à quinze pas ; elle avait les cheveux ondul:
par X... ; et ces belles mains que vous s::
vez... On lui a fait un sort à l'usine !... l.
que de petits événements intimes dont on r:n
parle pas ! Il y a des maris amoureux de leu:
femmes et qui, après le service de celles-i:
dans les hôpitaux, ne retrouvent plus le se:
timent qu'ils avaient pour elles. Ce n'est p: i:

de la faute de ces messieurs. J'en sais qui
n'ont mis là aucune mauvaise grâce ; mais
l'amour est ce qu'il peut être: beaucoup n'aimaient en leur femme qu'une illusion qui
plaît aux hommes, celle, par exemple, que
l'épouse n'a d'intimité physique qu'avec le
seul époux. Quand ils les voient revenir
après avoir passé des journées, parfois des
nuits, dans les chambrées... que voulez-
vous ? tous ne savent pas remédier par le
raisonnement à l'impression destructive...

— Et les jeunes filles, alors ?

— Oui, évidemment, les hommes auront
à se faire des idées nouvelles.

— Dites donc, le malheureux Gendron a
eu une attaque.

— Comment ! à son âge ?

— Oui, il est encore jeune ; et il avait une
santé ! Ce n'est pas un homme inutile, celui-
là. Le voilà fauché : il ne peut pas supporter
l'idée de la guerre. A distance la guerre lui

est plus mauvaise, peut-être, que s'il eût été
dans les tranchées. Il disait à tout le monde :
« Ma tête éclate ; c'est comme si on m'avait
introduit un pétard dans l'oreille ; j'aime
mieux claquer que d'assister à ça. »

— C'était un homme remarquable...

— Il n'est pas « claqué » comme il dit. Il
« asiste à çà » la bouche de travers, un bras et
une jambe paralysés,... l'intelligence intacte.
Les sorts sont différents. On voit de tout.

— Il y a les malheureux ; il y a, çà et
là, quelques gens qui, volontairement ou
non, voient la guerre tourner à leur profit ;
et puis il y en a beaucoup qui ne savent vraiment pas ce qu'ils éprouvent ; il y en a qui
sont comme des possédés.

— Comment as-tu trouvé La Villaumer ?
demanda Simone.

— J'espère, dit Odette, que vous n'allez
pas le faire exorciser ?

— Non. Mais t'a-t-il dit qu'il cherche à
vendre ses propriétés, ses collections, ses li-

vres. Il veut réaliser ce qu'il possède et donner tout aux combattants !

— C'est un homme très touché...

— Mais, mes bonnes amies, qui est-ce qui
ne l'est pas ?

— Mme de Boulainvilliers a distribué
toute sa fortune à des œuvres de guerre ; elle
a hypothéqué son hôtel pour y maintenir
quelque temps l'hôpital auxiliaire qu'elle y a
fait installer ; déjà elle mendie de droite et
de gauche. Elle tombera à la charge de l'Assistance publique. Tous ses fils sont tués ;
mais elle a des parents furieux.

— Je me moque de ses parents, dit Odette;
ce qu'elle fait est bien, d'autant plus qu'on
sait que chez elle il n'y a pas trace de sno-
bisme.

— « Je n'ai pas grand mérite, dit modeste-
« ment la vieille dame. Quoi ! j'ai bientôt
« soixante-dix ans ; si je n'entretiens pas
« mes blessés c'est à l'Etat que je les impose
« et c'est la fortune de mes parents comme

« celle de tout le monde qui en sera d'autant
« grevée par la suite. » Mais elle ne dit pas
tout ce qu'elle pense, et ce qu'elle pense est
bien plus simple; c'est qu'elle aime par-dessus tout faire confectionner une petite crème
pour ses soldats... Elle a confié à quelqu'un:
« Ailleurs que chez moi, ils ne l'auraient
pas ! »

— As-tu entendu parler, demanda Simone, de l'aventure de Clotilde ?

— Grand Dieu ! Clotilde serait-elle, elle
aussi touchée par la guerre ?

— Oh ! d'une façon bien inattendue. Tu
sais qu'elle avait fait le serment d'écarter
d'elle la guerre. Son mari est au Grand-Quar-
tier; elle l'empêche, lorsqu'elle le voit, de lui
parler de la guerre. Mais Avvogade avait un
ami d'enfance, un camarade de classe, oui,
un garçon qu'on ne voyait pas chez eux autrefois, un modeste employé dans un établissement de crédit, un gars d'ailleurs, grand,
bien planté. Ce malheureux a perdu la vue,

à la suite d'une trépanation. Son état produit un grand effet sur Avvogade. Avvogade a vu tout à coup renaître son ancienne amitié pour son camarade ; il le fréquente dès qu'il le peut ; il le sort; il l'amène chez lui ; il lui offre à déjeuner. Clotilde n'ose pas s'y opposer, mais elle est suffoquée. La conversation de ce mutilé ne l'intéresse pas et sa vue la remplit d'épouvante. « Nous ne parlons pas de la guerre ! lui fait observer son mari ; nos conventions ne sont donc pas violées. » On ne parle pas de la guerre, mais cet homme aux yeux clos c'est pour elle la guerre ; et la guerre est entrée chez elle. Et tout le monde n'a qu'un mot à lui adresser à ce propos : « On n'y échappe pas, ma petite ! » Si Clotilde n'était pas si gentille, on en rirait, car enfin son malheur n'est pas énorme, et l'aventure a quelque chose de bouffon.

XXIII

En allant dans plusieurs maisons, Odette s'aperçut qu'elle passait à Paris pour une de ces femmes qui, pendant la guerre, se sont sacrifiées au bien public. Il fallait à tout prix qu'on eût une réputation « de guerre ». On n'avait rien à dire sur sa tenue de veuve, sur ses mœurs. Mais, parce qu'elle avait été absente et qu'on la savait depuis longtemps infirmière, on lui prêtait cet esprit d'abnégation qui fait que l'on peut tout attendre de certains êtres exceptionnels, nés pour les sublimités. Les compliments qu'on lui adressait n'étaient pas ironiques. La douleur très profonde et inaltérable qu'elle éprouvait par la mort de son mari, la discrétion même qu'elle témoignait en n'obligeant personne à entendre ses plaintes, n'étaient pas choses perdues. Odette, douloureuse et muette, avait ce qu'on appelle « une bonne presse ». Seulement on transformait en vertu extraordinaire ce qui n'était chez elle que naturel. Elle en conçut de la stupeur d'abord, puis elle en fut incommodée.

— Mais enfin, que suis-je ? demandait-elle.

— Vous êtes une femme exquise ! Vous avez une conduite admirable !...

Et toutes les personnes présentes d'acquiescer. C'était dans un salon où l'on eût cru que siégeât le Comité de Guerre, parmi des femmes jeunes, des femmes encore jeunes, des poétesses, des princesses. Il y passait des généraux, des héros convalescents, des ministres, des politiques de toute nuance, des célébrités littéraires et les débris attristés de l'esthétisme d'avant-guerre. On y savait le secret des opérations militaires accomplies ou projetées, les dessous diplomatiques, les déclarations de guerre futures, les nuits historiques, les scandales que le public ignore. Les nouvelles s'y croisaient, s'y contredisaient, s'y dénaturaient et s'y détruisaient. Une revenante comme Odette, s'y sentait en face de l'Europe armée ou de quelque congrès mondial et, au sortir du tombeau modeste où elle avait vécu, elle était éblouie, la tête lui tournait. Elle se leva pour regagner sa solitude.

Dans l'escalier, elle se croisa avec La Villaumer et son sourire méfiant à la pensée des sornettes qu'il allait entendre.

— Que me veut-on ? dit-elle. Figurez-vous ! on eût juré là-haut que j'avais, à moi seule, dirigé l'offensive de la Somme !

— Mais non, dit-il. Tout simplement, vous êtes une femme très digne : vous honorez la maison.

— Ah ! bon. Mais c'est qu'ils me font peur ! Ils ont l'air d'attendre de moi quelque chose...

— Que vous fassiez à la maison encore plus
d'honneur ! Ces boudoirs se veulent tous, en
raccourci, des images du pays...

— Dites-moi : et vous, La Villaumer,
qu'est-ce qu'il y a de vrai dans ce qu'on m'a
raconté : que vous vouliez vous retirer dans
une mansarde, distribuer tous vos biens ?...

— Mon Dieu, c'est la paraphrase, naturel-
lement erronée, d'une expression dont je me
suis servi souvent, comme vous-même,
comme beaucoup d'autres. J'ai dit : « Je ne
suis plus rien... Nous ne sommes plus rien. »
Cela veut dire : « Quelle que puisse être désormais notre valeur, la cause commune est trop
grande pour que nous ayions la fatuité
de nous estimer... Qui que nous soyons, nous
sommes annihilés par quelque chose de supérieur à nous. » C'est une constatation un
peu âpre. A cause de cela même, elle met en
branle les imaginations. Nos aimables com-
mères traduisent immédiatement ceci en une
imagerie enfantine et frappante par ses cou-

leurs crues ; et l'on me voit grelottant volontaire sur un grabat...

— Et l'histoire de Mme de Boulainvilliers?

— Ah ! on vous a aussi conté l'histoire
de Mme de Boulainvilliers ? C'est une femme
réellement très généreuse, mais non pas une
imprudente. Elle sait si bien ce qu'il y a de
redoutable pour sa fortune dans le plaisir
qu'elle a à dorloter ses cent-vingt soldats,
que, dépourvue d'héritiers directs, elle a
mis une partie de son bien en viager, afin de
n'être à charge à personne, le temps qu'elle
peut encore vivre. Elle donne tout le reste.
Elle déteste les parents qu'elle est enchantée
de frustrer. L'histoire, on n'en parlerait peut-
être pas si ce n'était la crème de la fin, qui
est un petit détail par hasard authentique, et
qui fait bien.

— Laissons nos bonnes femmes et nos cas
particuliers. Mais, enfin là, vous, que pensez-
vous, en définitive, du sacrifice ?

— Le préjugé général est que le bas inté-

rêt personnel régente sans exception les hommes, mais c'est là ne tenir compte que de
l'état de calme plat de la mer humaine ; en
réalité, elle a ses tempêtes qui sont les passions ; et l'homme, à l'état passionné, ne connaît plus son intérêt. Au fond de moi, je crois
que le sacrifice peut fort bien causer le plus
grand bonheur.

XXIV

A quelque temps de là, Odette alla voir Clotilde. On était aux débuts d'un mortel hiver ; depuis deux mois déjà, le froid sévissait, maussade et constant. Les moyens de chauffage commençaient à se faire difficiles. On parlait de restrictions sur toutes choses. Un malaise affectait Paris où les journaux, cependant, de leur encre miraculeuse, tournaient toute disgrâce en beauté.

Odette trouva Clotilde dans son atmosphère accoutumée, une occasion heureuse voulant que son appartement fut chauffé. Elle était environnée de fleurs et de livres, vêtue d'une tunique soyeuse qui moulait son corps onduleux. Et elle dit immédiatement à Odette :

— Qu'est-ce que tu remarques de changé ici ?

— Mais, pas toi, à coup sûr !

— J'ai fait renouveler ma tenture : comment trouves-tu ce gris ?

— Délicieux. Avec le cerise des rideaux, c'est vraiment très réussi.

— Ah ! J'étais sûre que tu verrais, toi. Les autres passent tous là comme des hallucinés. Ils ne regardent rien.

— Tu as une nouvelle photographie de ton mari. Il est rudement bien.

— N'est-ce pas qu'il embellit ? Mon chéri se fatigue pourtant beaucoup. Ce n'est pas une sinécure, tu sais, la place qu'il occupe au Grand Quartier ! Mais je crois que je le distrais ; j'arrive à créer une diversion à ses ennuis. En ce moment, sans me flatter, je lui plais. Et moi, je l'aime, je l'aime !...

— Vous avez de la chance tous les deux...

— Je te demande pardon, chère Odette, j'ai un peu honte devant toi d'étaler mon bonheur... Mais tu es la seule personne à le comprendre, toi, qui as été vraiment amoureuse...

— Qui le suis encore, Clotilde.

Clotilde ouvrit les yeux largement. Elle

craignait de ne pas bien saisir. L'amour était
son fait, à elle, certes ! mais elle avait de la
peine à admettre qu'on fût, après deux ans et
demi, amoureuse d'un mort, comme elle
l'était de son mari bien portant et beau. Cependant aucun soupçon ne pouvait l'effleu-
rer touchant Odette ; et elle résolut aussitôt,
en amante, de profiter du sentiment durable
de son amie pour l'entretenir de son amour
personnel. Elle l'en abreuva. Son amour atteignait une intensité qu'elle n'avait pas connue au temps de la paix. La claustration à
laquelle elle s'était réduite pour éviter d'entendre parler de la guerre, élevait autour
d'elle les parois d'une tour d'ivoire ; et, ne
connaissant plus personne hormis son mari,
n'éprouvant de plaisir que par lui, elle lui
avait laissé prendre dans sa vie une importance inaccoutumée ; il cumulait en lui tous
les agréments que la guerre avait supprimés
et que Clotilde oubliait.

Odette se reprit à parler de l'amour. Le

sujet était pénible pour elle, mais elle le ché-
rissait. Clotilde était le seul être auprès de qui
elle pût, depuis la guerre, s'entretenir de
cela sans fausse honte. Et, se laissant aller à
la pente de ses souvenirs et de ses habituelles
rêveries, elle en vint à goûter le plaisir d'un
prisonnier enfermé dans une cellule obscure
et qui trouve le moyen de nommer le ruis-
seau qui coule dans la prairie ensoleillée, au
bas du domaine paternel.

— Après tout, dit-elle, les choses que nous
disons là, si elles étaient conservées, intéres-
seraient plus le monde, dans cinquante ou
cent ans, que les événements formidables...

Clotilde ne voulait pas entendre parler des
« événements formidables ». L'amour, en
effet, seul valait qu'on s'occupât de lui.

— On rencontre l'amour partout, dit
Odette. Je l'ai trouvé en tout endroit sous mes
pas, dans les salles d'opération, au chevet des
blessés et des mourants. Il fourmille dans les
villes les plus proches du front plus qu'ail-

leurs, paraît-il. On dit qu'il n'a jamais causé tant de remue-ménage.

— Il représente la vie qui doit se perpétuer en dépit de tout. C'est lui qu'il convient de célébrer, non la mort. L'amour est mêlé à la mort chez toi, ma petite Odette ; mais, d'une façon, générale, non ; il s'en sépare. Les personnes qui chantent l'amour ou le pratiquent, à l'heure qu'il est, travaillent plus sûrement pour l'avenir que celles qui conçoivent la restriction comme seule vertu.

Bon gré mal gré, ses paroles spontanées apportaient une clarté dans les sentiments embrouillés que lui inspiraient le deuil entêté d'Odette et sa propre nature de jeune femme amoureuse. Elle avait envie de lui crier : « Tu crois aimer un mort, ma pauvre chérie ! mais tu n'as pas vingt-huit ans : tu aimes l'amour ; il est là toujours et il t'attend. »

Elles étaient aussi incapables l'une que l'autre de déguiser leurs vérités. Odette atta-

chée par un lien dont la force, presque paradoxale, retenait toute espèce d'autre élan ;
Clotilde simplement comblée d'amour, et au
point de ne pouvoir guère imaginer un cas
différent du sien. Par chance, celle-ci ne prononça pas de ces mots si vite blessants pour
un cœur qui saigne ; mais Odette, dont les
sens étaient fins, comprit toutefois qu'il n'y
avait guère de conversation qui fût possible,
même sur le sujet commun le plus cher, entre deux êtres dont l'un est heureux et l'autre
pleure.

Elle nota encore ceci, du moins : c'est que
Clotilde, d'un point de vue absolument op-
posé, s'entendait avec Mme de Blauve, avec
Mme de Calouas, avec La Villaumer, avec
toutes et tous, pour lui dire : « Ma chère
amie, vous ne devez pas toujours pleurer. »

Et son chagrin, si vrai, en fut décuplé.

Mais Clotilde, voluptueuse, égoïste et ne
songeant ou qu'à son plaisir ou qu'à s'épar-
gner une peine, disait à Odette :

— Ecoute, ma petite, veux-tu me rendre
un grand service ?... Viens déjeuner avec
nous demain ? Est-ce que ça t'ennuie ?

— Pourquoi veux-tu que cela m'ennuie ?
Mais d'abord tu me le demandes comme un
service !

— C'est promis, alors. Voilà : il faut que
je te fasse une confidence. Tu vois combien
j'aime mon mari, combien je suis heureuse...
Il n'y a qu'un point noir : mon mari a pour
ami un officier aveugle nommé le capitaine
Dussaud. Il me l'amène à déjeuner deux ou
trois fois par semaine, sous prétexte que ce
malheureux est seul, sans famille, et déses-
péré. Je ne peux pas dire non, bien entendu,
tu comprends ; mais la vue de cet homme
m'est pénible à un degré que tu ne saurais
croire. Il faut lui parler. Je ne sais rien dire
à un garçon privé de la vue, qui n'espère
rien, qui n'a plus aucun motif de bonheur.
J'en suis malade. Viens m'aider, tu as l'habitude des misères, toi !...

— Mais oui, mais oui, je viendrai.

XXV

Rentrée chez elle, Odette songea à la conversation de Clotilde, plus qu'à la proche rencontre avec l'aveugle, qu'elle appréhendait. De l'autre côté de la mince cloison du petit salon, la voisine musicienne, qui s'adjoignait parfois un violoncelliste, faisait retentir l'espace de sons énamourés, passionnés et troublants à vous faire chavirer le cœur. L'amour, l'amour, l'amour partout et toujours !... Pour la première fois de sa vie, Odette qui, cependant, adorait l'amour, qui s'était tantôt encore délectée à parler librement de l'amour, qui admettait même la justesse de certains propos tenus par Clotilde sur le rôle avant tout bienfaisant de l'amour, Odette sentait qu'en pensant à l'amour et en parlant de l'amour, avec son amie, elle détonait et n'avait qu'une pensée et une voix d'outre-tombe. « En causant avec mon amie,

se dit-elle, j'ai l'air de prendre part à ce qui
se dit ou à ce qui se joue ;.. oui, j'y prends
part comme une morte à qui il serait donné
de percevoir encore les choses de la terre...
La guerre, en m'arrachant mon Jean m'a
étranglé la sève dans le corps. Je suis à jamais desséchée. Je suis emportée dans le
tourbillon des événements présents comme
une gerbe de paille fauchée et battue, qui
passerait au-dessus des moissons sur pied,
qui croirait y reconnaître des tiges pareilles
à elle-même, sans se souvenir qu'elle a été
tranchée par le fer, séparée de la terre pour
toujours... »

Les gémissements du violoncelle, l'influence de la musique communiquaient un
certain penchant lyrique à sa pensée ordinairement plus modeste, mais contribuaient à
augmenter son désarroi.

« Les temps sont si durs, continuait-elle,
que je n'ai pas eu la consolation dérisoire de
m'entretenir depuis deux années, avec per-

sonne, de mon chagrin d'amour... Avec une seule je pouvais espérer le faire encore, parce qu'elle aime pour ainsi dire hors de la guerre. Mais quand elle me parle d'amour, je m'aperçois que c'est d'un amour qui n'est pas le mien ou d'un amour que le mien n'est plus... L'amour que je porte n'est même plus accessible à un être vivant !... »

Puis la musicienne, à côté, reprit, comme presque toujours, son *Nocturne* préféré, et elle s'accompagnait de la voix, sans prononcer aucune parole, lorsque la grande et géniale phrase de désolation, par trois fois, vous enlaçait comme la chevelure même de la Nuit.

Alors Odette, seule, entre les images nombreuses de son bien-aimé, comme tant d'autres fois, se mit à pleurer, longtemps.

XXVI

Le lendemain, à l'heure du déjeuner, elle
trouva Clotilde encore seule, son mari étant
assez régulièrement en retard, surtout lorsqu'il devait aller chercher l'aveugle. Enfin
elle reconnut la voix du beau Georges dans
l'antichambre, et elle le vit pousser devant
lui, comme un ventriloque dirige son auto-
mate, un grand garçon, ni bien ni mal, en
capitaine de chasseurs, et les yeux clos.
L'aveugle s'inclina et saisit la main que Clotilde mettait dans la sienne ; puis Georges lui
dit qu'une de leurs amies était là, une jeune
veuve de guerre, Mme Jacquelin. L'aveugle
pressa aussi la main qu'Odette lui offrait.

L'aveugle connaissait déjà l'appartement
avec une exactitude minutieuse. Il se dirigea

sans aide, presque sans tâtonnement, jusqu'à la table ; il discernait chacune des fleurs à son parfum ; on lui fit toucher des primevères qui ne sentaient rien et l'on eût dit que ses doigts avides appréciaient, en petits et étranges personnages muets, la parure du couvert. Il savait, après un bref toucher, la situation précise de chaque objet ; avec la lame du couteau il distinguait la nature du morceau placé dans son assiette et le disséquait adroitement. Peut-être eût-il pu se servir comme tout le monde en puisant dans le plat présenté par la domestique, mais on lui épargnait ce tour de force en lui demandant : « Que préférez-vous, mon capitaine ? »

Il parlait volontiers, presque gaîment, ce à quoi l'on devinait un effort. Il paraissait intelligent sans avoir été jamais cultivé ; mais ni sa personne ni son esprit n'offraient rien de remarquable. Il eût sans doute été un homme quelconque s'il n'eût été un aveugle.

Odette avait des frissons à voir ces paupiè-

res closes sur une face d'homme où l'on devinait, quoi qu'il fît pour la contraindre, une
souffrance secrète. Pourtant il n'avait
pas la voix des hommes qui portent un
mystère ; sa peine n'atteignait sans doute pas
les régions qu'une riche imagination trans-
pose en chambres de torture pour les malheureux privés de lumière ; il ne rêvait pas
à des soleils couchants romantiques, à la vue
des flots sous la lune, à la contemplation de
la voûte céleste ou à la lumière du Corrège,
ni même à la beauté des houris.

Georges, en lui faisant tâter les cigares
dans la boîte, lui glissa à l'oreille :

— Tu as déjeuné, mon vieux, avec une
jolie femme, sais-tu ?

— La tienne ? parbleu !

— La mienne, oui ; mais l'autre, jeune,
très jolie !...

L'aveugle parut réfléchir, hocha la tête et
dit :

— Ça fait toujours plaisir...

— Son mari, dit Georges, a été tué dès le commencement...

— Est-ce qu'elle a des enfants ? demanda l'aveugle.

— Ils n'étaient mariés que depuis trois ou quatre ans ; ils en auraient eu...

— C'est qu'elle l'aimait trop, peut-être ?... C'est une chose qui arrive, à ce qu'il paraît...

— Oui, dit Georges.

L'aveugle tourna, comme un phare éteint, ses deux grands yeux fermés, à la recherche d'Odette. Il éprouvait un curieux sentiment, s'approchant de l'envie, pour le mort qui était tant aimé.

Et il s'intéressa davantage à Odette. Il se trouva qu'elle avait soigné à Surville et tiré d'un mauvais pas un de ses camarades. Ce souvenir émouvait Odette, mais moins que la présence de l'aveugle. Les hommes déchiquetés, les plaies béantes, les opérations sensationnelles et les agonies résignées des jeunes gens ne produisaient pas sur elle le quart de la révolte apitoyée que lui causait la privation éternelle du jour, dont un être vivant et sain pouvait souffrir à côté d'elle.

Elle retrouvait, en face de lui, une partie de sa manière de parler aux blessés ; mais sa franchise fondamentale n'était pas animée par cette perspective souriante d'avenir après tout possible, qu'une femme, entrevoit au chevet d'un soldat, fût-il amputé. L'infirmière ne ment pas en disant : « Mon petit, quand vous serez guéri, quand vous reverrez votre maison, votre village... » Mais lorsqu'elle est obligée de rayer de son vocabulaire le radieux verbe *voir*, quelle contrainte et quelle impuissance !

Les aveugles lui causaient une émotion extrême quand elle les rencontrait dans la rue, quand on parlait d'eux devant elle. Elle se souvenait de sa gorge contractée, de ses yeux emplis de larmes, lorsque Simone lui avait raconté ce mariage à la Madeleine, ce beau couple descendant les marches, le marié tout chamarré de décorations, entre la foule admirativement rangée et qui s'apercevait tout à coup qu'il ne la voyait pas... Mais elle n'avait jamais encore dû soutenir la causerie avec un de ces êtres que la perte d'un sens rend plus différents de nous que l'ablation de plusieurs membres. Elle s'en acquittait d'instinct, très bien, quoi qu'elle fût émue au possible ; et elle savait d'emblée parler au grand infirme comme elle l'eût fait à un homme ordinaire, sans paraître remarquer son état. Le capitaine lui en savait gré et il était clair qu'il était beaucoup plus à l'aise avec Odette dès une première rencontre qu'il ne parvenait à l'être avec Clotilde connue de lui depuis longtemps. Clotilde, incapable de briser son égoïsme, aucun pouvoir humain ne l'eût assouplie jusqu'à s'obliger à un acte qu'elle ne trouvait pas agréable. Son mari qui en était peiné, lui disait : « Regarde comme cette Odette est gracieuse !.... »

L'aveugle s'en alla avec son ami. On le sentait content d'avoir bavardé avec une femme malheureuse et jolie, et de l'avoir pu faire comme si ni elle ni lui n'eussent été touchés par le malheur.

— Juge, dit Clotilde, quand les deux hommes furent partis, à quel point je suis paralysée et sotte, et quel service tu m'as rendu ! Mais je te demande pardon de t'avoir infligé cela.

— Quand une chose de cet ordre me fait très mal, dit Odette, je ne sais pas ce que j'éprouve. J'ai remarqué cela à l'hôpital, surtout dans les premiers temps. Il me semble que l'on m'écorche, je ne le nie pas ; mais il y a comme un pansement miraculeux qui s'opère de lui-même, et qui sourd, en une gouttelette de baume, du fond même de la blessure...

— Je ne te comprends pas du tout, dit Clotilde : ce qui m'ennuie, m'ennuie, et lorsque quelque chose me fait mal, il faut que je l'écarte de moi ou que je m'éloigne.

— J'ai été comme toi, dit Odette ; je le suis encore pour tout ce qui concerne mon chagrin. Contre celui-là il n'y a aucun baume ; rien n'y a remédié jamais. Peut-être est-ce que l'amour a quelque chose d'exceptionnel ; il nous accapare, il nous réjouit jusqu'à l'ivresse qui nous empêche de rien apercevoir à côté de lui, ou bien il nous blesse à mort. Mais tout ce qui n'est pas lui et qui tente de nous empoisonner doit porter en soi son antidote...

— Quand on aime, dit Clotilde, rien d'autre ne peut sérieusement nous atteindre...

— Pourtant, je t'assure que j'ai été quelquefois mal à l'aise depuis deux ans, et je n'ai pas cessé d'aimer.

— Tu crois cela, ma pauvre Odette ! Mais si Jean avait continué d'être là, tu n'aurais eu de sensibilité que pour lui.

— Clotilde, tu es gâtée par le bonheur ;
tu ne comprends rien.

Clotilde hocha la tête. Elle eut l'impression d'avoir un peu froissé son amie en lui
dévoilant sa pensée.

— Tu reviendras tout de même, Odette...
Même pour tenir tête à mon aveugle ?...

— Comme tu voudras, dit tristement
Odette.

XXVII

L'état d'esprit de Clotilde, en lequel elle avait naguère trouvé du bon, commençait à l'incommoder. Elle s'était cru tout à fait d'accord avec Clotilde, de même que Clotilde avait imaginé penser à l'unisson avec Odette, parce que toutes les deux étaient des amoureuses et parce qu'autrefois rien ne semblait les séparer. Mais Odette était choquée aujourd'hui de l'attitude de Clotilde, de sa tour d'ivoire, de son aversion pour la douleur et de son défaut de complaisance. « J'ai été comme elle, se répétait Odette. Sont-ce les événements qui m'ont forcée? Ou bien est-ce, comme elle le dit, parce que Jean, que je n'aime pourtant pas moins, n'est plus là pour m'accaparer ? »

Elle fut terrorisée par cette idée qu'elle

croyait fausse cependant. Elle eut une crise
de remords et s'accusa d'avoir négligé le culte
de son mari. Vraiment, trop de choses la détournaient d'une pensée qui eût dû être unique. Elle revint encore une fois à sa chapelle
mortuaire, à ses reliques, à ses portraits.
Pour ne plus se laisser éparpiller en ces pitiés
nombreuses que la rue lui inspirait, elle s'enferma chez elle. Mais l'hiver, aggravé par un
froid hostile, était tellement attristant, les
nouvelles de l'extérieur si moroses, qu'Odette
commença une sorte de neurasthénie. Elle
dut, elle, ignorante de toute maladie, faire
appeler un médecin qui lui ordonna non des
remèdes mais de la distraction à tout prix :

— Beaucoup de théâtres sont ouverts encore, lui dit-il ; je ne vous demande pas d'aller voir des « pièces gaies » qui sont plus
indigestes que les autres, mais allez voir quelque bonne chose. Une femme de votre âge,
ajouta-t-il, n'a pas le droit de se laisser mourir de langueur.

Elle obéit au médecin, non pour sauver sa santé, mais parce qu'elle fut touchée de honte... Encore un qui lui avait dit : « Vous n'avez pas le droit... » C'était un médecin d'un certain âge, de grande renommée, et même intelligent ; il avait perdu ses deux fils à la guerre ; sa femme était morte de chagrin ; il était, lui, mobilisé et faisait un dur métier dans les hôpitaux.

Elle assista une fois à une représentation à bénéfice. On donnait *Carmen*. Elle avait adoré cette œuvre dont le génie éclatant et sombre l'étourdissait comme une jonchée de noirs œillets au goût de poivre. Mais son attention fut captée par la présence, à côté d'elle, d'un sous-lieutenant dont la manche pendait, vide ; et quand ce jeune homme, plein de fougue, se retournait un peu brusquement vers son autre voisine qui devait être sa mère ou vers des amis placés derrière lui, l'étoffe au court galon d'or, molle et superflue, frôlait le genou d'Odette. L'officier vint à s'en apercevoir, et,

tout en s'excusant, il ramassait de sa main
droite la loque de drap. D'une loge, en outre,
à intervalles presque réguliers et trop fré-
quents s'échappait un rire d'homme, saccadé,
incoercible et sans aucune corrélation avec le
dramatique ouvrage qui était représenté. Des
personnes, d'abord indignées, quelques-unes
colères, se retournaient vers l'importun, jusqu'à ce que l'une d'elles se fût avisée que cette
gaîté inconsidérée était celle d'un officier qui
écoutait avec le plus grand sérieux, mais était
agité par les suites d'une commotion céré-
brale. Le bruit en fut répandu ; personne
ne détourna plus la tête ; et chacun intérieurement avait commisération de cette infirmité dont le caractère tragique balançait celui du chef-d'œuvre.

« Il faut vous distraire à tout prix ! » songeait Odette.

— En fait de thérapeutique, lui dit son ami
La Villaumer, peu de temps à la suite de
cette expérience, moi, je crois surtout à la

très vieille. Et elle recommande : « Aux grands maux les grands remèdes. » Dans un temps comme le nôtre, pour quelqu'un qui a beaucoup souffert, ce sont moins les distractions qui conviennent que les tâches exagérées...

XXVIII

Odette retournait de temps en temps déjeuner chez Clotilde afin de l'aider à recevoir son aveugle. A l'ordinaire, elle allait, errant, un peu désemparée, faisant agréer, tantôt ici, tantôt là, ses petits services. On l'utilisait avec succès comme vendeuse, car elle plaisait.

Elle inspira même, à ses comptoirs, ce que l'on appelle des passions. Il y en eut de soudaines et de brûlantes qui se manifestèrent cependant d'une manière discrète et indirecte, tant les plus hardis redoutaient d'aborder une jeune veuve qu'on savait si correcte et amoureuse de sa douleur.

La première fut celle d'un commandant d'infanterie, blessé trois ou quatre fois et pourvu d'un long congé de convalescence; il avait trente-quatre ans à peine, était des plus beaux types de soldats de cette guerre. Après avoir causé avec Odette, il lui fit demander si elle accepterait, plus tard, beaucoup plus tard à la rigueur, de devenir sa femme. Elle déclina la demande comme si celle-ci eût été folle : pouvait-on supposer qu'elle se remariât jamais ?

La deuxième fut d'un homme d'une cinquantaine d'années, mais extrêmement distingué, membre du Jockey, jouissant, comme il est dit dans les romans, d'une immense fortune et incontestablement d'une très grande situation dans le monde. C'était lui l'organisateur de la plupart de ces œuvres de guerre où le concours d'Odette était recherché. Il leur prêtait ses immeubles et ce qui lui restait de son personnel ; il leur donnait son temps et sa bourse. Il éprouva pour Odette un de ces coups de foudre qui n'atteignent les hommes qu'à cet âge-là, et tomba, après son refus, véritablement malade, demeura déprimé, abîmé, vieilli, incapable de conserver

la direction de ses entreprises, obligé de s'en
aller se terrer dans une de ses propriétés, ou-
blieux de tout, même de la guerre et de ses
maux qu'il n'avait songé jusqu'ici qu'à soulager, ne pensant plus qu'à Odette cruelle.

Elle resta très indifférente à cette aventure
comme à l'autre, malgré les remontrances
amicales qui lui étaient adressées. C'était par
l'intermédiaire de Mme de Blauve que la dernière proposition lui avait été faite. Mme de
Blauve, tout en s'inclinant devant le sentiment de fidélité qui attachait Odette à une
mémoire chérie, osait lui faire observer
qu'elle avait négligé, au milieu du bonheur
conjugal, de fonder une famille... Odette,
pourtant intelligente, pourtant très sincèrement dévouée, ne comprenait pas. Elle avait
aimé un homme ; elle continuait d'aimer sa
mémoire. Aucune autre idée, de quelque
grandeur qu'elle parût revêtue, ne s'imposait
à elle ; elle ne connaissait que son cœur qui
adhérait, simplement, comme un lierre,

même à un tronc desséché, et que nulle puissance ne pouvait empêcher d'adhérer.

Toutes les amies d'Odette partageaient l'avis de Mme de Blauve, si différentes qu'elles fussent de cette grande dame, et jusqu'à Clotilde.

Oui, Clotilde même la blâmait de n'avoir pas accueilli au moins la demande du jeune commandant. Odette en était ahurie. Il en résultait que les deux femmes d'amour ne s'entendaient pas.

La Villaumer, à qui elle avait confié cette difficulté lui disait :

— Si votre amie Clotilde avait le malheur de perdre son mari, qu'elle adore, il y a soixante chances sur cent pour qu'après un certain temps, elle en aime un autre autant ou presque autant que lui, tandis que vous jugez cette transposition d'amour inadmissible.

— Mais enfin, on aime ou l'on n'aime pas, c'est bien simple !

— Mais non, ce n'est pas si simple que cela. On aime et on peut aimer comme le fait Clotilde ou comme vous le faites, vous. Le discernement ne nous apparaît pas aisément tant que les amants, unis, sont heureux...

— Vous m'effrayez. Il y a donc des amours qui ne sont pas l'amour ? Est-ce que ce ne serait pas le sentiment, dans l'amour, qui est le plus beau ? Est-ce qu'il y aurait un beau sentiment sans durée ?...

— Permettez-moi d'abord, ma chère amie, de croire que ce n'est pas parce qu'il est beau, que vous professez votre sentiment, ni que vous en prolongez la durée parce que vous la trouvez belle. Vous trouvez votre sentiment beau parce qu'il est le vôtre ; vous le voyez se prolonger indéfiniment parce que vos yeux sont incapables d'en percevoir la fin ; voilà tout. Il n'y a chez vous aucune contrainte, aucune soumission à une loi esthétique ou morale. Vous éprouvez comme cela. Votre amie Clotilde aime à sa façon, et elle la trouve belle, croyez-le.

— Tout de même ! tout de même ! il y a un consentement à peu près général à juger supérieur l'amour qui s'orne d'un sentiment et qui ne consent pas à être éphémère ?...

— Oui. Et cela est conforme à la morale qui nous a régis jusqu'ici. Cette morale est toute délicatesse. Mais, réduite à cette pureté, suffirait-elle à alimenter une lutte aussi ardente que celle dont nous sommes témoins, pour la possession d'une partie de l'écorce terrestre ou même pour la suprématie de certaines idées ? Il faut qu'elle concède provisoirement une prépondérance à la vie matérielle et mortelle, puisqu'il est évident que c'est à la condition qu'elle ait pour elle la Force, que triomphera la morale du Juste. Me suivez-vous, ma pauvre amie ?... Tout cela est bien aride. Mais c'est pour en arriver à vous dire que les sentiments si cristallins, qui sont un « ornement » dans les périodes communes, deviennent un luxe à notre âge de fer et de feu. Le luxe n'est plus de mise. Il faut que tous les raffinements cèdent à une brutalité très grosse. Comme on vous l'a fort bien dit : Nous ne nous appartenons plus. Le consentement général ? mais il doit aller au meilleur bénéfice de la cause qui nous a tous unis et nous emporte tous. Pardonnez-moi, ma bien chère amie, je vais vous dire une chose d'une barbarie qui me peine, et vous sentez qu'il faut l'extrémité d'un cataclysme inouï pour que je m'y résolve : oui, votre sentiment, avec sa pérennité, en soi, est beau, est le plus beau ; mais nous n'avons plus le loisir de regarder les choses « en soi ». Eh bien ! si votre amie Clotilde avait, à votre place et au même temps, perdu son mari, et si elle était dès aujourd'hui la femme d'un autre qui l'eût rendue mère, par exemple, nous devrions estimer son cas plus que nous ne faisons du vôtre !...

Odette fut étranglée par un sanglot. Ils arpentaient les Champs-Elysées. Elle chercha une chaise et s'y affaissa.

— Je ne vous en veux pas, dit-elle aussitôt qu'elle put parler ; quelque chose, au fond de moi, vous comprend... On m'a d'ailleurs déjà dit cela... Mais c'est dur !...

— Les temps sont extraordinaires.

XXIX

Odette s'employait à consoler la pauvre
Rose. La mort de son mari avait passé presque inaperçue. Mais d'autres morts, extrêmement dramatiques, passaient aussi inaper-
çues. Quand les hommes revenaient en lambeaux, ils faisaient sensation; mais quand ils
étaient morts, la sombre égalité de la terre
recouvrait leur mémoire. Les épisodes iné-
narrables avaient atteint un tel caractère et se
chiffraient par de tels nombres, que l'on osait
à peine en parler. Les esprits étaient saturés
et se fermaient automatiquement à toute perception nouvelle. Beaucoup ne pouvaient
plus supporter, ni dans les journaux, ni dans
les livres, aucun récit de guerre. Odette se
souvenait de l'impression que produisaient
autrefois les blessés. — On disait déjà « autrefois » en parlant d'époques de la guerre présente ! — Des blessés, aujourd'hui, il y en

avait partout. C'était plutôt les hommes
intacts que l'on regardait en ayant l'air de
leur dire : « Ah ça ! qu'est-ce que vous faites
de vos bras, de vos jambes, vous ? » Certaines personnes, par un violent soubresaut de
l'instinct de conservation, se détournaient, à
l'instar de Clotilde, jusque même de toute
pensée concernant la guerre ; d'autres s'y enfonçaient au contraire avec rage et s'exal-
taient.

Mme de Blauve, qui avait pris Odette en
affection et la voyait de temps en temps, vint
lui annoncer le mariage de sa fille aînée. Elle
annonçait la nouvelle en disant presque
« enfin ! » comme s'il se fût agi d'une vieille
fille que l'on désespérait de caser. Mlle de
Blauve n'avait pas seize ans ; elle était gracieuse, d'un très grand charme, avait reçu
l'éducation la plus soignée et promettait
d'être fort belle. Elle épousait un sous-lieutenant blessé.

— Ah ! dit Odette. Est-ce qu'elle l'aime ?...

— C'est un garçon de bonne famille, dit Mme de Blauve ; il s'est conduit admirablement.

— Mais il va retourner au feu ! Vous allez être encore dans les transes ?...

— Cela non, dit Mme de Blauve. Certainement ma fille aurait eu le goût d'être la femme d'un soldat et qui fût demeuré soldat, comme était son père. Mais les soldats trouveront à se marier, et il faut fournir des épouses aux moins favorisés qui sont obligés de s'arrêter dans leur tâche...

— Son fiancé est réformé ? demanda Odette. Mon Dieu est-ce qu'il est très...

— Oh ! il ne s'agit plus de s'occuper de ce qui faisait jadis le souci des jeunes filles ; il s'agit de sauver des hommes en leur donnant une femme, pour peu qu'ils soient en état de fonder une famille. Ce garçon est d'un pays dévasté. Il a perdu tous les siens, les uns fusillés, les autres morts sous l'occupation ennemie, et il lui serait complètement impossible de gagner de quoi vivre convenablement. Nous avons payé, nous autres, plus par le sang que par l'or ; il restera à mes filles, en somme, quelque fortune ; aussi...

— Mais qu'a-t-il ?... que lui manque-t-il ?... demanda Odette qui ne pensait qu'à cette union absolue de deux êtres dont sa propre vie demeurait illuminée.

— Oh ! dit Mme de Blauve, c'est excessivement triste : mon futur gendre est un des blessés de la face les plus dignes d'intérêt. Il lui manque de cette face... mon Dieu... à peu près tout, sauf les passages indispensables pour la nourriture et la respiration...

Odette poussa un cri inarticulé et sonna. Mais elle ne s'évanouit que lorsque Mme de Blauve fut sortie.

On entendit plutôt critiquer qu'admirer le cas de Mlle de Blauve. Suivant les uns,

c'était vraiment trop fort, et l'idée devenait
presque insoutenable. Chez la plupart des
autres, la sensibilité était tellement émoussée
à force d'entendre des récits de guerre, que
l'on n'accordait même pas attention à cet
acte de dévouement surhumain. Quelques-
uns disaient : « La mère est folle et la jeune
fille ne sait pas ce qu'elle fait. On peut vio-
lenter la nature ou la tromper pour un instant, pour un temps limité ; nous sommes à
une période où l'on doit se résoudre à tous
les sacrifices et se précipiter dans les bras de
la mort ; mais la mort, c'est une fin ou c'est
le commencement de l'inconnu. A seize ans,
une jeune fille superbe, unir son sort à
un homme sans visage !... » On sut cependant que Mme de Blauve, loin de forcer sa
fille, s'était déjà donné toutes les peines pour
l'empêcher d'épouser un autre blessé qui, le
malheureux, s'avançant vers la tranchée ennemie avec une grenade en chaque main,
avait eu les deux yeux brûlés en même temps

qu'un obus faisait éclater les grenades qui
lui brisaient les poignets. Ce qu'elle accom-
plissait aujourd'hui était modéré par rapport
à ce qu'elle avait failli accomplir.

Odette éprouva le besoin de savoir l'opinion de La Villaumer sur ce fait. Elle n'avait
point de rendez-vous avec lui et ne le rencontrait qu'au hasard. Elle se permit de passer
chez lui un peu avant l'heure du déjeuner.
Un vieux domestique la fit entrer dans une
pièce d'où, à sa grande surprise, elle entendait les sons d'un harmonium mêlés à une
voix d'homme tout à fait inhabile. Cela provenait du salon voisin, séparé d'elle par une
baie vitrée que recouvrait imparfaitement
une soie chinoise. Et la chose était trop insolite et inexplicable pour que la visiteuse se
retînt de jeter, au bord de la soie, un coup
d'œil indiscret. Elle vit, au Mustel, un orga-
niste qu'elle connaissait, et, debout à côté de
lui, un homme doublement manchot et qui
portait sa tête comme un aveugle en essayant

d'attraper les notes patiemment répétées par
le professeur. Tout autour, des soldats à lu-
nettes noires, aux yeux clos ou au visage
bandé, et La Villaumer en robe de chambre,
qui allait et venait au milieu d'eux. Il dispa-
rut soudain et entra dans la pièce où se trouvait Odette.

— Je vous y prends ! dit-elle. Allez donc
me soutenir que ce qu'on m'a dit de vous
n'est pas vrai : vous n'êtes plus chez vous !

— Ma bonne amie, dit-il, je fais donner
des leçons aux plus déshérités de ces malheureux que leur misère, leur inaction désespè-
rent. On leur enseigne les notions de la musique ; ils font des efforts pour chanter ; cela
les occupe.

— Je savais que vous étiez bon...

— Je ne suis pas bon. Je juge les hommes, à l'ordinaire. Mais le spectacle de
l'infortune m'est intolérable ; et pour ces
hommes qui sont au trois quarts anéantis
pour nous avoir sauvés, oui, je confesse que

je donnerais ma dernière chemise ; je les servirais à table... Voulez-vous déjeûner avec nous ?

On voyait par une porte entr'ouverte sur la salle à manger une douzaine de couverts.

— Vous déjeunez avec eux ? demanda Odette.

— Je m'accorde cet honneur... C'est mon dernier luxe... Eh bien ! en profitez-vous ?

— Je ne peux pas, mon ami, je ne peux pas. Je pleurerais pendant tout votre repas. Ce n'est pas ce qu'il leur faut.

— Non. Il faut avoir le courage de leur verser une gaieté... que nous n'avons pas. Si l'hypocrisie mondaine a appris cela à quelques-uns, elle ne s'est pas si longtemps exercée en vain.

— J'ai honte de ma faiblesse, dit Odette. Je ne flancherais devant aucune blessure ; mais l'idée que la guerre a privé un homme de la lumière du jour m'oblige à me demander pourquoi j'ai le droit, moi, de contem-

pler ces belles soies, ces objets d'art, ce soleil...

— Jouissez de la soie, des objets d'art et
du soleil ! vous qui êtes faite pour charmer
la partie de l'humanité qui reste debout.
Vous ne voudriez pas, sous le prétexte que
des millions d'hommes sont précipités dans
l'obscurité ou dans la mort, les imiter gra-
tuitement et par une sympathie déréglée ?
Des vies, hélas innombrables, sont brisées,
mais la vie demeure, la lumière brille, les
plantes poussent, les animaux et les hommes
eux-mêmes pullulent. Rappelez-vous cette
vérité tragique et paradoxale que la vie humaine, qui est bien le chef-d'œuvre et paraît
être le but de la création du monde, est, en
somme, ce dont semble le moins se soucier
cette grande œuvre. Quel que soit le rôle
d'un homme, sa destinée est de passer.
L'horreur de la guerre qui nous est inspirée
d'abord par l'extermination des hommes, à
la longue, ce sont les déprédations matériel-

les qui l'entretiennent et la perpétuent : on se souvient plus longtemps d'un illustre édifice détruit que de cent mille jeunes gens fauchés en leur jeunesse...

— En attendant, vous jetez tout par dessus bord, vous, pour soulager des hommes à demi-vivants. C'est tout ce que je voulais savoir.

X X X

Odette avait passé plusieurs jours au lit à
la suite du mariage de la petite de Blauvé,
célébré dans la plus stricte intimité, en raison des deuils — de combien de deuils ! —
et auquel elle n'avait pas assisté. Mais son
imagination était ardente, et elle se représentait les choses...

Elle courait un peu après son ami La Villaumer, depuis qu'elle avait surpris en lui la
bonté. Il se dissimulait moins, quant à lui,
devant elle, depuis qu'elle le connaissait
mieux.

— J'ai toujours aimé les hommes, disait-
il. Comment ne les aurais-je pas aimés en
faisant profession de les critiquer sans cesse ?
Les ai-je mal compris ? Souvenez-vous combien j'étais indulgent pour ce qui, en eux,
s'écarte tant de la seule chose que je prise
en réalité, à savoir : l'intelligence. Que de

faiblesses j'ai eues pour leurs instincts !
Que de sourires pour leur multiple déraison !
Je les étudiais seulement avec complaisance,
sans parti pris aucun, malgré mon culte
intime pour cette raison qui m'apparaît
comme un flambeau allumé à l'autel du dieu
et transmis avec précaution par de certains
êtres privilégiés à certains êtres privilégiés,
sans que la chaîne qu'ils font puisse jamais,
on ne sait pourquoi, produire une illumina-
tion. Aussi n'ai-je jamais cru que le monde
appartînt à ce que nous avons appris à véné-
rer sous le nom d'intelligence. L'intelligence
c'est une parcelle divine, qui nous donne
des notions, sans doute, sur ce qui est là-
haut, mais qui n'a à peu près rien d'applica-
ble à ce qui est ici-bas. Le monde n'est pas
gouverné par l'intelligence. Parfois, elle crée
des prosélytes, et l'on croit que son règne est
arrivé. Illusion ! c'est alors que nous sommes
tout près de retomber dans la sainte igno-
rance et de rejoindre les temps barbares. Les

temps barbares, voyez-vous, je suis tenté de croire que c'est la période normale de l'humanité. Il faut probablement de la cruauté, de l'absurdité, de l'injustice, de la superstition, du sang répandu à flots, pour que ce mystère que nous admirons sous le nom de La Vie subsiste et se perpétue. La chair ne s'alimente que par des moyens immondes ; les plaisirs de la plus grande partie de l'humanité sont d'une insondable stupidité ; et les masses innombrables obéissent à quelques formules élémentaires, à des mots dont elles n'ont jamais pesé le sens et qui, souvent, n'ont pas de sens. On ne gouverne pas par le raisonnement lumineux mais par l'appât de quelques sonorités flatteuses aux sens. Pour subsister en un large et puissant groupe social, ma pauvre amie, est-ce que nous allons être obligés d'admettre l'opportunité de la croyance aux prophètes, aux thaumaturges, aux revenants, aux bouts rimés des « apparitions », au génie des simples d'es-

prit ? Un torrent de puérilité va-t-il inonder
la surface du globe ? et se pourrait-il qu'il
fût l'élément réparateur indispensable ? L'intelligence, réduite à ses seules ressources, n'a
effectivement aucune force d'expansion, aucun moyen d'action. C'est à mourir de dépit
et de honte. Le Droit, la Justice, la Liberté,
on conçoit que certains haussent les épaules
en entendant ces mots, car ces mots n'ont
d'efficacité que lorsqu'ils sont vidés de leur
signification et se sont travestis en idées élémentaires qui conduiraient volontiers à la
violation du Droit, de la Liberté, de la Justice. On ne croit, s'il s'agit d'idées, qu'à
leur vertu tutélaire ; ce sont des divinités
protectrices; et l'idée n'est plus qu'un verbe
qu'on symbolise à la hampe de ses drapeaux
en manière de fétiche. Nous sommes aussi
crédules que les guerriers d'Homère. Minerve
combat avec nous... Et je ne crois pas, d'ailleurs, que nous ayons eu jamais meilleure
occasion d'adopter cette conception théocra-

tique du monde, car les hommes sont en ce moment-ci livrés aux éléments ; et le plus grand génie politique que l'on puisse imaginer serait probablement sans pouvoir tant que les convulsions dont la terre est atteinte ne se seront pas d'elles-mêmes apaisées... Dans ces conditions, il n'y a plus place chez un pauvre sire, que pour les vertus affectives et pitoyables. Je le confesse, ma chère Odette, je ne contiens plus mon cœur...

— S'attendrir, c'est se diminuer, m'a-t-on dit.

— L'opinion a du vrai en ce qui concerne les personnes que leur situation appelle plus particulièrement à agir et surtout à diriger ; celles-ci doivent se poser des œillères et n'apercevoir que le but immédiat qui exige toutes leurs énergies. Mais il est désirable qu'au milieu de ce monde emporté dans un tourbillon, quelques contemplatifs se vouent à la Pitié comme à la conservation d'un « précieux sang », si ce n'est pour l'efficacité, du

moins pour la beauté de la chose. Et les religieux de cette chapelle auront à lutter, savez-vous contre qui ? contre l'espèce humaine elle-même, qui a fort peu la mémoire
de ses propres maux et qui se reprend
comme un jeune chat à jouer avec le premier rayon de soleil. Les morts, il est vrai,
gardent un tel silence !...

XXXI

Odette était seule, chez elle, un soir. Etendue sur sa chaise longue, elle atteignait sur les guéridons ou aux parois de la muraille les photographies de Jean qui se trouvaient à sa portée, elle s'hypnotisait à les contempler, et elle les baisait, comme toujours.

Amélie entra, annonçant que « c'était bondé » dans l'appartement voisin.

— Madame, s'ils ne sont pas là vingt hommes hauts de six pieds, c'est que mon pauvre homme à moi n'est pas prisonnier chez les Boches !...

En effet, un grand branle-bas se produisait de l'autre côté de la cloison. On déplaçait des chaises, des meubles, et, comme tous les bruits pénétraient par les interstices de la

porte, on distinguait les syllabes accentuées
d'un langage inconnu, le roumain peut-être
ou le russe. La voisine était étrangère.

Tout à coup, silence. Amélie s'était re-
tirée. Un silence sans doute imposé, certainement concerté. « C'est une séance de
musique », se dit Odette. En effet, elle reconnut presque aussitôt les doigts agiles de la
pianiste, doigts moëlleux, langoureux, fon-
dus dans le clavier comme en une chair
tendre, et tour à tour nerveux, bondissants,
cruels comme des marteaux, pesants comme
des pilons qui semblaient écraser l'instrument, soudain radoucis et palpitants sur les
touches comme une aile d'oiseau qui expire.
Bien que cette femme jouât souvent pour
elle-même, ce n'était pas la première fois
que des personnes nombreuses se pressaient
autour d'elle pour l'entendre.

Un chœur de voix d'hommes éclata. Ce fut
surprenant, étrange, à vous couper la respiration. Odette écouta. La sensibilité musi-

cale qui atteignait chez elle des profondeurs ignorées d'elle-même, fut soudain surexcitée. Elle ne connaissait pas ce chœur ; elle cherchait en vain à quel auteur l'attribuer. Ce devaient être des chants populaires, peut-être très anciens, à en juger par leur simplicité naïve, leur rythme candide et leur accent sauvage et doux. Une voix de soprane s'élevait parfois, en solo, et le chœur, à la tierce, lui répondait en sourdine par un chuchotement gagnant de proche en proche et rapidement étendu comme un baril d'huile sur la mer, confidentiel aussi et suprêmement ému, qui semblait se transmettre d'homme à à homme le long de plaines immenses, de fleuves au cours sans fin. Deux ou trois cris rauques ou stridents ramassaient soudain toutes les voix en une pointe aiguë dressée vers le ciel. Puis tout bruit cessait, et l'on eût cru retomber des altitudes superbes et se noyer dans le néant.

Alors les doigts de la Fée étrangère exécu-

taient au piano une ballade de Balakirieff
ou l'hymne de Dvorak « sur la mort d'un
héros ». Puis, après une pause, un autre
chœur était entamé.

Il y en eut un d'une mélancolie qu'aucune
parole ne saurait même suggérer, où l'on
discernait parmi le murmure uniformément
plaintif, de si véridiques gémissements, que
l'on eût tendu les mains pour porter secours
à ces souffrances imprécises, inconnues et
multipliées. Et cela s'enflait, se répandait,
prenait une si puissante extension qu'on évoquait malgré soi la surface du monde endo-
lorie et la voix faible et résignée de l'homme,
de l'homme toujours berné, toujours conduit, toujours sacrifié comme un bétail à des
dieux dont il ne perce pas le secret. C'était la
lamentation de l'antique terre des hommes,
lamentation timide, inhabile et désespérée,
issue des cœurs broyés, des chairs déchirées,
des âmes déçues dans leurs idéals ingénus,
plainte troublante émanée du bord des maré-

cages, des forêts, des étendues glaciales, des
steppes désertiques, des villes anonymes,
des prisons, des palais, des champs de bataille, des tombeaux, et adressée stoïquement,
pathétiquement, et puérilement aussi, à...
personne !

Odette avait approché souvent des sentiments correspondants à cette musique pri-
mitive, barbare, divine peut-être ; mais lorsque la musique vient à se mêler à nos sentiments, elle les révèle à eux-mêmes et les
amplifie sans mesure. Odette vit ce qu'elle
n'avait jamais osé voir ; elle fut pour la première fois transportée hors d'elle-même, ou,
du moins, elle eut la conviction qu'elle
l'était. Cela produisait en elle un renverse-
ment des points de vue qui eût pu lui donner
le vertige. Elle découvrit, d'un coup, combien elle avait jusqu'ici tout considéré
par rapport à elle, fût-ce dans ses moments
en apparence les plus généreux. Or, elle se
considérait à cet instant par rapport au

nombre incalculable de ceux qui n'étaient pas elle. Ce n'était pas d'aujourd'hui que lui parvenait le gémissement de l'humanité, mais c'était la première fois que le sanglot des autres se parait à son oreille d'un accent de majesté désolée qui l'obligeait à se traîner à terre en disant : « Je ne suis plus rien ! Je ne suis que la servante du malheur. »

Sentiment d'ordre pénible s'il en est ; et, par une curieuse contradiction, d'ordre joyeux, au même degré. Une commisération sans bornes lui faisait palpiter le cœur et monter les larmes, et cependant cette sympathie douloureuse, au lieu d'être déprimante ou cruelle, produisait en son âme des épanouissements insoupçonnés et comme l'éruption d'une allégresse paradoxale qui se mêlait à l'amertume et à la pitié.

Il n'y a pas de compensation à la souffrance personnelle que nous pouvons éprouver. Au contraire, l'union étroite et complète à la souffrance d'autrui cache un plaisir de compatir, contient un désir déjà actif d'aider, suscite un commencement de geste secourable, provoque une imploration si fervente de miséricorde céleste, que le cœur ne sait plus si c'est dans la détresse suprême qu'il gît ou s'il atteint une phase rayonnante incomparablement supérieure à son chétif état d'être isolé. Le mot « amour » se présente à l'âme ainsi extasiée, et nulle forme ne le soutient ni ne l'accompagne pour en limiter la vertu ; il est sans terminaison comme sans figure ; quant à la source qui l'alimente, jaillie on ne sait d'où, on a l'assurance qu'aucun tarissement ne lui est à redouter.

Odette pleurait souvent ; mais c'étaient aujourd'hui d'autres larmes ! Elle prit une des photographies de Jean et ne trouva qu'un mot à lui dire :

— Pardon !

Elle ne comprenait ni ce qu'elle sentait ni ce qu'elle faisait ; mais elle avait conscience de trahir Jean. Non pas de trahir Jean en faveur d'un autre, mais pour une multitude d'autres où aucun homme ne se discernait. Quand elle put formuler quelque idée, elle se dit : « J'ai pitié... » Elle eût pu se dire : « La charité m'a envahie. »

XXXII

Cette soirée n'eut pas l'air de contenir un
événement. Odette l'avait passée seule dans
son petit salon. Les chœurs, à côté, s'étaient
éteints. Mais cette soirée était composée des
heures les plus graves qui se fussent écoulées
pour la jeune femme, depuis la mort de son
mari.

Odette s'apercevait que quelque chose
s'était révélé en elle ; mais elle s'analysait
mal, et le phénomène s'enveloppait encore
de brumes. Il n'avait manifesté sa réalité que
par un geste certain, qu'elle avait exécuté,
dont elle se souvenait, qui demeurait : l'imploration du pardon adressé à l'image du
bien-aimé Jean. Elle en revenait sans cesse à
ce fait matériel : elle avait saisi la photographie et l'avait baisée, en coupable. Grâce à
ce fait, les opérations spirituelles dont il était
la conclusion ne s'achevaient pas, ne s'éva-

nouissaient pas, comme une fumée, et devaient la poursuivre, la nuit, le lendemain, les jours suivants.

En effet, un éclat lumineux si soudain eût pu avoir un caractère éphémère. Nous sommes sujets, surtout sous une influence extérieure agissant sur les sens, à de pareils accès d'enthousiasme ou à des rêves d'une même générosité, mais qui peuvent n'être que de belles crises. Elles s'apaisent et nous nous retrouvons dans l'état prétendu raisonnable, c'est-à-dire lucide, calme, équilibré et plat.

Chez Odette, cette flambée n'avait pas le caractère d'une crise, mais elle était l'aboutissement d'une longue préparation peu consciente. Que de mots, que d'avis entendus ! que de demi-mots enregistrés par elle ! que d'énigmes à elle proposées ! que de spectacles contemplés ! que d'idées reçues qui formaient autant de flèches directrices, la guidant vers le lieu où elle venait d'être embrasée ! que de lectures, que de songeries, en apparence sans résultat, et qui déterminaient un penchant à en venir ici ! Odette était comme une matière qui eût reçu, depuis deux ans et demi, sans trêve, des coups de pouce ou d'ébauchoir inhabiles à lui communiquer la forme qu'un modeleur invisible voulait qu'elle adoptât ; et un heurt dernier, par l'écrasement d'une parcelle encombrante, avait obtenu, précisément, la figure désirée.

Odette s'éveilla au matin dans le même état où elle s'était endormie, la seule différence étant qu'elle ne pleurait plus. Mais les larmes de la veille n'avaient pas été sans douceur. Elle se trouvait dans une quiétude presque satisfaisante. Elle allait et venait, au milieu des photographies de Jean. Et Jean ne lui reprochait pas son état nouveau. La mémoire de Jean ne semblait nullement offensée. Odette se souvenait pourtant de lui avoir demandé pardon, comme s'il était pos-

sible qu'elle lui eût manqué. Ce point dési-
gnait même une date très déterminée dans
les perturbations de son âme. Mais il lui avait
paru qu'elle recevait à ce « pardon » une
réponse douce, apaisante, un assentiment
affectueux.

XXXIII

Pourtant, un moment vint où elle eut l'idée qu'elle devenait folle. Elle avait observé bien des dérangements cérébraux depuis la guerre ; ils étaient plus ou moins apparents. Quelques personnes de sa connaissance étaient dûment enfermées dans des maisons de santé, mais de nombreuses, qui allaient par la ville, laissaient apercevoir la presque imperceptible piqûre par où le ver avait pénétré.

Est-ce qu'Odette allait se trouver atteinte ? Elle s'imposa l'épreuve de se comporter pendant quelque temps comme les femmes qui ont décidé de mener jusqu'au bout la vie ordinaire.

Et elle se dit : « Je ne suis pas folle, car je pense qu'il y a plus de courage à adopter chaque jour, pendant des heures, l'attitude de la vie ordinaire, comme si la guerre n'existait pas — attendu que la plupart des gens qui agissent ainsi sont en fait écrasés ou torturés par elle — qu'à se livrer au monstre, pieds et poings liés. C'est moi qui suis moins forte, en ne pouvant pas tolérer le mélange et en me précipitant sur l'épouvantail. Je serais insensée si je jugeais mon mouvement le seul bon, le seul beau, le seul digne... Mais je me juge. Je ne suis donc pas une démente. »

Elle alla voir Clotilde, un jour, par curiosité, par épreuve encore, « pour se mesurer », disait-elle.

Clotilde, avec sa complaisance outrée pour sa propre personne, vous causait décidément un malaise que l'on dissimulait ou se refusait à reconnaître lors des premières entrevues, qu'une amie comme Odette avait même essayé de nier jusqu'ici, mais qu'aujourd'hui elle ne put soutenir. Clotilde environnée de fleurs, baignant dans une atmosphère parfumée, lorsqu'elle ne vous parlait pas d'une modification à son décor intérieur, vous en-

tretenait de ses toilettes ou bien d'idées si
étrangères aux événements qu'on emportait
la certitude que ceux-ci n'existaient pas pour
elle. Elle ne sortait pas, de peur d'être obligée de voir ou d'entendre des choses désobli-
geantes, et, jamais autant que depuis la
guerre, elle n'avait fait pareille consom-
mation de chapeaux et de robes. Odette,
aux premières visites, haussait légèrement
l'épaule comme à un spectacle risible et peu
méchant. A la longue, la disproportion entre
un pareil souci et la blessure dont saignait
l'univers étouffait l'indulgence.

Odette fit observer à son amie que celle-ci
ne réclamait plus son secours et lui demanda
si elle avait perdu son aveugle. Clotilde était
d'une ahurissante franchise, elle dit :

— Ma chérie, « mon aveugle » comme tu
dis, existe toujours et captive invariablement
mon mari. Ah ! qu'est-ce que tu veux ? Ce
n'est pas que je sois dépourvue de tout sentiment altruiste, mais cet homme qui ne me

voit pas et pour qui je ne suis rien, tu n'imagines pas combien sa présence peut me gêner : j'ai besoin de plaire...

— Mais, on peut plaire même à qui ne nous voit point. On peut essayer de distraire ces malheureux, leur faire passer le temps...

— Tu parles de cela comme d'une grâce que tu possèdes et qui me fait défaut. C'est parce que tu sais leur plaire que tu les aimes...

— Oh !.

— Tu parviens à leur plaire ! Celui qui est venu ici et avec qui tu as déjeuné ne cesse de te réclamer. Il ne parle seulement pas de moi... C'est moi qui le recevais, cependant !

— Un homme qui ne voit pas que tu es assise à ta place de maîtresse de maison et à qui tu n'en donnes pas constamment la preuve : il l'oublie.

— Tu trouves cela parfait parce qu'il n'a rien oublié de toi ! Il raffole de toi, à ce que m'a dit Georges ; il demande de tes nouvel-

les, il a besoin d'entendre ta voix ! Il est in-
quiétant. Enfin, ma petite, c'est à cause de
toi, surtout, que j'ai dû l'écarter, je t'avoue :
il devenait amoureux ! Vois-tu ça ? Tu devrais
me remercier...

— Amoureux de moi ! Si c'était vrai, je le
plaindrais encore davantage, le pauvre
homme ! Mais il a dû entendre parler de
moi ? Il sait bien que je ne suis pas à prendre ?...

— Il ne s'en demande pas si long : il se
sent heureux en ta compagnie. Quand tu
n'es pas là, tu lui manques. Voilà.

— Eh bien ! où vois-tu là de l'amour ? Il
est comme les blessés que j'ai soignés : ils se
trouvaient bien de ma compagnie ; quand je
m'éloignais d'eux, je crois que je leur man-
quais. Si j'avais dû en conclure qu'ils m'aimaient...

— Tu n'as pas conclu cela, toi ; mais, eux:
qu'en sais-tu ? tu leur as peut-être brisé le
cœur !

— C'est toi qui as l'esprit romanesque et ne penses qu'à l'amour. Les hommes qui ont tant souffert pensent volontiers à leur bien-être, à ceux ou à celles qui le leur procurent. J'ai connu une infirmière âgée de soixante-dix ans que ses malades réclamaient à cor et à cris : étaient-ils amoureux d'elle ?...

— Cela ne contredit rien. Un aveugle sent très bien si la femme qui l'approche est de celles qui charment...

— Alors, il doit sentir aussi la compassion qu'il inspire, et cela ne porte pas à l'amour.

— Tu es si mal à l'aise, en présence d'un aveugle ?

— Une émotion indéfinissable. La tête me tourne ; je perds pied...

— Tu n'en avais pas l'air, ici.

— On fait presque volontiers ce qui vous coûte le plus si l'on est décidé à soulager des hommes dont le malheur vous cause autant d'émoi.

Elles parlèrent d'autre chose.

XXXIV

Odette eût sans doute oublié « son » aveugle, si une visite qu'elle reçut de Mme de Blauve ne le lui eût rappelé et de la façon la plus inattendue.

Mme de Blauve que l'on avait toujours connue calme, depuis le temps où elle demeurait sous les obus de Reims jusqu'à celui où elle avait fait le sacrifice de son mari, de ses deux fils et l'on peut dire de sa fille, Mme de Blauve paraissait, cette fois, nerveuse ; elle avait maigri ; ses yeux s'étaient enfoncés : un mal la rongeait.

Elle exposa à Odette, avec sa résolution habituelle, le but de sa visite. Elle avait entendu dire — c'était un bruit — que la chère amie, ayant largement et dignement dépassé le temps de son veuvage, se disposait, non par goût, mais pour accomplir un grand acte de charité, à devenir la femme

d'un officier aveugle. On en parlait. Elle en
avait été, quant à elle, extrêmement émue,
d'autant plus qu'elle craignait d'encourir
une certaine responsabilité, ayant été l'une
des premières, probablement, à prôner à la
jeune veuve le devoir d'un second mariage...

Odette tomba des nues. De quoi se mêlait-
on ? Jamais il n'avait été question d'un pareil projet. D'abord saisie, elle écouta Mme de
Blauve presque en riant.

— C'est inexact, assurez-vous, dit Mme de
Blauve, mais mon expérience m'a appris,
ma petite amie, qu'à l'origine des rumeurs
publiques il y a une graine de vérité. Qu'elles
soient bonnes ou mauvaises, ces plantes-là
ne naissent pas de rien.

Odette lui dit de quel menu fait pouvait à
la rigueur s'être ébauché ce roman. Elle avait
déjeuné avec un officier aveugle chez Clotilde Avvogade, et elle avait plu à l'infirme,
prétendait celle-ci.

— Il n'en faut pas davantage ! dit Mme de

Blauve, et votre amie a pu raconter la chose
autour d'elle. Cela doit être, car je sais le
nom de l'aveugle ; je sais la maison où il fait
sa rééducation ; je sais jusqu'à sa situation :
c'est un homme veuf, sans fortune d'aucune
sorte, et père de deux petits enfants dont
l'existence le tourmente...

— Eh bien ! dit Odette, j'ignorais, moi,
ces dernières particularités, ce qui est vous
prouver que mon idylle est au moins peu
avancée.

Alors Mme de Blauve se confondit en
excuses. Mais elle n'allait pas néanmoins jus
qu'à regretter sa démarche. Si celle-ci ne se
trouvait pas motivée effectivement par le cas
présent, un cas analogue pouvait surgir ; on
connaissait la sensibilité, les beaux élans
de l'âme d'Odette, et c'était contre ces im-
pressions et ces mouvements qu'il s'agissait
de la prévenir...

— Comment ! interrompit Odette, vous,
Madame, dont la fille...

— Oui, oui, moi, justement « dont la fille !... » C'est parce que ma fille a fait un mariage, certes très beau au point de vue moral, mais enfin, un mariage... comment dire ?... un peu téméraire, que je me crois autorisée à vous dire : « Ma très chère enfant, réfléchissez, prenez garde ! » Remarquez que je ne regrette rien de ce qui est arrivé et que je me félicite du bonheur assuré par ma fille à une victime de la guerre qui l'avait cent fois mérité... Je me hâte de vous annoncer entre parenthèses, que ma fille est enceinte, et j'espère que Dieu mènera jusqu'à bonne fin cette grossesse, quoique...

— Quoique ?... demanda Odette anxieuse.

— Quoique... Oh ! la chère petite ne manque ni d'amour ni d'admiration pour son mari qui est un héros ; mais notre pauvre nature humaine a de bizarres sursauts... Je puis vous faire, à vous, cette confidence : depuis que ma fille a de justes motifs d'espérer être mère, elle éprouve — hélas ! ceci est affreux, et je vous le dis tout bas, — elle éprouve une sorte d'appréhension à la vue de son mari de qui vous connaissez la terrible infirmité !... Il faut éviter à tout prix, vous le pensez bien, que cet homme ait le moindre soupçon du sentiment — momentané — qu'il inspire, et la jeune femme est obligée de se surmonter pour ne lui en rien laisser paraître. Jusqu'à quel point cette contrainte incessante est-elle conciliable avec l'heureux maintien de son état, et propre à lui laisser atteindre une fin normale ? Voilà ce que nous nous demandons, voilà notre souci...

— Oh ! chère, chère Madame, que je vous plains !

— Je ne voudrais pas, vous le comprenez, avoir à vous plaindre, à mon tour, pour quelque raison analogue ou voisine. C'est pour l'éviter que vous me voyez ici, aussi humiliée dans mes appréhensions, que j'ai été fière le jour de la conclusion de cette union. Rien de pareil n'entre dans vos pro-

jets, me dites-vous, mon enfant, tant mieux !
Mais je suis devenue craintive à l'excès ; je
me méfie des caractères comme le vôtre qui
peuvent être enclins à trop bien faire. Entendez-vous ? Il entre quelquefois un peu d'orgueil dans ce que nous accomplissons de
beau ou de bien...

XXXV

Mme de Blauve avait laissé son amie sur
ces paroles ; et Odette, encore toute haletante
à la pensée qu'il pût être question d'un mariage pour elle, un peu froissée même, n'en
avait retenu que le désarroi intime confessé
par la mère de la pauvre petite mariée.
C'était un sujet d'horreur de plus, ajouté à
tous ceux dont elle était témoin chaque jour.
Cette calamité avait sans doute ébranlé l'esprit de Mme de Blauve au point de lui causer
une sorte d'hallucination touchant le sort
qui risquait de menacer une jeune veuve. Ou
bien Mme de Blauve n'avait fait que saisir le
prétexte de légers bruits sans vraisemblance,
pour venir se confesser d'un tourment... Ou
bien — hypothèse qui ne pouvait qu'effleu-
rer l'esprit d'Odette — Mme de Blauve, ainsi
qu'elle l'avait insinué spontanément, péchait
sans cesse par orgueil, éprouvait un affreux

...tement du perpétuel danger couru par
...liens et par elle-même, était jalouse de
...a amère faveur, et craignait qu'elle ne
...convoitée par d'autres !... car on en ar-
...e là.

Quelle assimilation établir entre le ma-
...ge de la petite de Blauve, une enfant igno-
...te, avec un des mutilés les plus maltrai-
...s, et, d'autre part, une union imaginaire
...tre elle, Odette, qui marchait vers la tren-
...aine, et un aveugle non défiguré ? Tous les
...ours des jeunes filles, des femmes, épou-
...ient des aveugles ; on en épouserait bien
...d'autres, il fallait l'espérer ! Le cas pourrait
...tre particulièrement sensible, oui, pour elle,
...euve toujours amoureuse de son mari, et
...ue la cécité émouvait au-delà de tout ; mais
...e cas, s'il se présentait jamais, c'était à elle
...eule de l'apprécier ; nul ne connaissait ni le
...caractère durable de son deuil, ni ses répu-
...nances personnelles ; le cas n'était aucune-
...ent digne d'attirer l'attention.

En vérité, au point où Odette en était, elle
ne concevait aucune limite au dévouement.
Dans les mariages dont il était question, il ne
s'agissait plus de rien qui rappelât ce qu'on
nommait autrefois le bonheur ; il s'agissait
de complaisance en faveur d'êtres pleins de
mérite et de disgrâce, et plus leur infortune
était grande, plus, semblait-il, on devait se
trouver satisfait de l'amoindrir. Elle n'ap-
prouvait pas Mme de Blauve si c'était Mme de
Blauve qui avait poussé sa fille à un mariage
de charité, mais elle comprenait très bien que
sa fille eût fait ce mariage. S'il y survenait
pour le moment quelques anicroches, elles
étaient dues à un état pathologique qui cesse-
rait. Ne se souvenait-elle pas qu'une de ses
amies, parfaitement équilibrée, mariée à un
très bel homme qu'elle adorait, avait pris
son mari en grippe pendant toute la durée
d'une grossesse, et sans savoir pourquoi ?

Cependant Odette reçut, quelques jours
plus tard, une lettre de Mme de Calouas qui,

de Surville, faisait allusion à l'éventualité du mariage avec l'officier aveugle. Ce bruit, dénué de fondement, avait couru jusqu'au bout de la Normandie ! Et Mme de Calouas, la sagesse même, abritée de toutes les suggestions qui pouvaient agir sur Mme de Blauve, lui parlait comme Mme de Blauve : « Oui, chère amie, mariez-vous ; je ne vous l'ai pas caché moi-même, il y a déjà longtemps : c'est presque un devoir. Mais, gare aux excès de zèle ! Prenez garde de faire plus qu'une femme de votre nature, élevée comme vous l'avez été, attachée comme vous l'êtes encore à une chère mémoire, ne saurait supporter. Rappelez-vous que beaucoup peuvent être héroïques quelques secondes, quelques heures, quelques jours, mais que cela diffère infiniment de l'être toute sa vie... »

Odette sourit, et de voir ce dont on s'occupait, et de la sollicitude qu'on lui témoignait, et de cette espèce d'obsession que tous semblaient avoir de l'acte héroïque. Odette

n'avait pas la moindre intention d'accomplir
un acte héroïque. Jamais aucune disposition
de son caractère ne l'avait inclinée dans ce
sens. Son cœur était fait pour aimer. Elle
aimait ; elle était sûre d'aimer. Celui qu'elle
aimait, c'était son mari, c'était Jean. Elle
analysait mal la qualité de la tendresse qu'elle
ressentait simultanément pour tous les souffrants de la terre. Et voilà tout. Que lui vou-
lait-on ?

XXXVI

Elle resta néanmoins agitée par l'étrange bruit qui avait couru, qui courait ; et elle se promit d'en parler à Clotilde qui, à n'en pas douter, avait été cause de sa diffusion.

En approchant de la maison qu'habitait Clotilde, elle croisa le lieutenant Avvogade conduisant par le bras son aveugle. Elle n'avait même pas songé à éviter une rencontre possible.

Lorsque l'aveugle reconnut la voix d'Odette, toute sa face fut transfigurée. Il pâlit; il osait à peine parler. Mais elle sentait l'effort de ses paupières closes dirigées vers le point de l'espace d'où provenait sa voix, d'où émanait son parfum. Cet homme aveugle la voyait ; il la voyait dans son imagination ; il la voyait combien plus belle et plus séduisante, peut-être ! Il était incommodé parce que les occasions de l'approcher ne s'offraient plus et parce qu'il ignorait si ce n'était pas elle-même qui les écartait. Mais un instinct, en lui, plus violent que le reste, lui procurait un ravissement en cette minute où la jeune femme était présente. Il la respirait comme une fleur ; il l'écoutait ; il s'imprégnait d'elle. Se croyant lui-même derrière le voile qui lui cachait le jour, comme derrière un écran, il négligeait de se surveiller et de s'imposer une contrainte. Son émotion éclatait aux yeux des témoins, et le trouble d'un homme si à plain-dre produisait un effet considérable.

Odette lui dit qu'elle savait qu'il avait deux petits enfants.

Alors la main de l'aveugle se tendit vers elle ; sa gorge se contracta ; il ne pouvait plus prononcer une parole. Odette prit sans hési-tation cette main d'homme misérable et bon, et laissa s'y engloutir la sienne. Sans qu'un seul mot fût ajouté à celui qui évoquait les enfants, elle éprouvait n'avoir jamais reçu

d'aucune bouche pareil témoignage de recon-
naissance.

⁎

Ils étaient là, sous les arbres du Square des
Etats-Unis, décor du Paris opulent et mon-
dain, où tant de paroles et tant de gestes con-
ventionnels avaient dû être échangés ; et ce
silence ému, et ces deux mains croisées, résultat de l'universel malheur, semblaient ma-
térialiser dans un marbre le symbole d'une
beauté nouvelle qui effaçait tout ce qui avait
existé ici.

Lorsque l'aveugle crut devoir abandonner
la main, Odette dit :

— Au revoir, messieurs.

Et elle les quitta. L'aveugle demeura immobile, soit qu'il ne crût pas possible qu'elle
se fût éloignée, soit qu'il attendît son ami qui
hésitait à l'arracher de là...

⁎⁎

Odette ne monta pas chez Clotilde, au ris-
que de laisser son défaut de protestation se
transformer en un acquiescement. Elle se
sentait incapable de s'entretenir avec quelqu'un dont le cœur ne fût pas débordant. La
vue des fleurs, la préoccupation des plaisirs
personnels, elle ne les dédaignait pas ; elle
ne voulait rien mépriser ; mais c'étaient ces
goûts-là qui lui faisaient plutôt pitié. Pour
les grands malheureux, ce n'était pas de la
pitié qu'elle ressentait, c'était *un attrait,* un
irrésistible attrait.

⁎⁎

Elle fut jointe aussitôt par quelqu'un qui
la salua. C'était La Villaumer, revenant de
visiter un malade rue Bizet. Il se retourna

vers les deux hommes qui s'en allaient et demanda à Odette :

— C'était donc vrai ?... On m'avait dit...

— Il n'y qu'une seule chose vraie, répliqua Odette, c'est qu'on l'a dit...

— Il n'y a qu'une seule chose vraie, ré-Villaumer, c'est que vous avez autant besoin de faire du bien que de pauvres gens ont besoin qu'on leur en fasse... Si je n'avais pas vu... je vous dirais, comme on vous dira : « Mon amie, prenez garde, réservez-vous ! » Mais j'ai vu tout à l'heure le visage de cet homme privé de lumière, et privé de vous peut-être plus qu'il n'est privé de la beauté du jour ; et j'en suis tout tremblant... Il me semble que je vous vois arrivée, ma pauvre chère amie, à la dernière étape d'une évolution que j'ai suivie comme si elle eût été la mienne. Beaucoup nommeraient le sommet de votre calvaire un anéantissement. Il me rappelle la parole que je me suis tant de fois adressée à moi-même : « Tu n'es plus rien ! »

L'individu est mort... Provisoirement, et pour un temps que nous ne saurions évaluer, l'individu est mort... En effet, vous avez observé qu'il ne vous reste plus aucun droit, fût-ce celui de pleurer votre douleur qui ne finira pas. Mais c'est le moment de pleurer plus largement, plus grandement, la seule douleur qui puisse sauver une âme comme la vôtre. L'unique espoir de résurrection est de se donner à la masse commune et de s'y confondre avec amour.

FIN

551. — Imprimerie Artistique « Lux », 131, boulevard Saint-Michel, Paris

LE ROMAN LITTÉRAIRE

publié sous la Direction de

HENRI DE RÉGNIER de l'Académie Française

s'adresse à tous les lecteurs qui demandent à une œuvre romanesque, non seulement un intérêt dramatique ou passionné, mais aussi des qualités de style et une valeur d'art qui lui donnent une place supérieure dans la production courante.

Véritablement éclectique, le Roman Littéraire représentera l'infinie variété du roman moderne allant de l'observation la plus réaliste à la fantaisie la plus irréelle, tour à tour, psychologique ou sentimental, lyrique ou documentaire, intime ou social. Il peindra les mœurs et incarnera les idées, permettant aux esprits les plus opposés de s'y exprimer librement.

EN VENTE :

I. René Boylesve. — **Tu n'es plus rien.**

A PARAITRE :

II. Francis de Miomandre
    et Tommy Spark. — **La Saison des Dupes.**

III. Edmond Jaloux. — **L'Incertaine.**

Chaque volume, franco, **4** francs.

3705. — Imp. des Beaux-Arts, 79, rue Bureau. Paris.